Os caçadores do livro encantado

João Luiz Marques

São Paulo – 2024

Os caçadores do livro encantado

Copyright texto © **João Luiz Marques**
Copyright ilustração de capa © **Rômolo D'Hipólito**

Coordenação editorial Carolina Maluf
Assistência editorial Marcela Muniz
Diagramação Iris Polachini
Preparação Pedro de Souza Bottino Teixeira
Revisão Andréia Manfrin Alves e Marina Ruivo

1ª edição – 2024

Dados Internacionais de Catalogação na Publicação (CIP)
(Câmara Brasileira do Livro, SP, Brasil)

M357c
  Marques, João Luiz
  Os caçadores do livro encantado / João Luiz Marques. -
São Paulo, SP : Editora Biruta, 2024.
  160 p. ; 16cm x 23cm.

  ISBN: 978-65-5651-116-0

  1. Literatura infantojuvenil. 2. Aventura. 3. Viagem.
4. Leitura. 5. Amizade. I. Planel, Mauricio. II. Título.

2024-2788	CDD 028.5
	CDU 82-93

Elaborado por Vagner Rodolfo da Silva - CRB-8/9410

Índices para catálogo sistemático:
1. Literatura infantil 028.5
2. Literatura infantojuvenil 82-93

Edição em conformidade com o acordo ortográfico da Língua Portuguesa.

Todos os direitos desta edição são reservados à Editora Biruta Ltda.
Rua Conselheiro Brotero, 200 – 1º Andar A
Barra Funda – CEP 01154-000
São Paulo – SP – Brasil
Tel.: (11) 3081-5739 | (11) 3081-5741
contato@editorabiruta.com.br
www.editorabiruta.com.br

A reprodução de qualquer parte desta obra é ilegal e configura uma apropriação
indevida dos direitos intelectuais e patrimoniais do autor.

Para Antonio Carlos Lucena
(In memoriam),
o Touchê, meu primeiro poeta.

Por outro livro, acho que vale a pena atravessar um oceano.

Sumário

Capítulo 1
A MALDIÇÃO DO SEGUNDO LIVRO
.... 11

Capítulo 2
TESTANDO A CORAGEM DO PROTAGONISTA
.... 12

Capítulo 3
DEZ PERSONAGENS À PROCURA DE UMA HISTÓRIA
.... 14

Capítulo 4
AS DUAS SAÍDAS
.... 20

Capítulo 5
UMA CONDUÇÃO COERCITIVA
.... 23

Capítulo 6
O CAÇADOR DE AUTÓGRAFOS
.... 26

Capítulo 7
O ESPECIALISTA EM LIVROS PERDIDOS
.... 35

Capítulo 8
O LIVRO ENCANTADO
.... 37

Capítulo 9
UMA CONVERSA SOBRE LIVROS
.... 41

Capítulo 10
A VISITA A UM SEBO
.... 46

Capítulo 11
UM CONVITE IRRECUSÁVEL
.... 50

Capítulo 12
SEREMOS
RESISTÊNCIA

.... 51

Capítulo 13
A VIAGEM
COM A LIA

.... 55

Capítulo 14
OS SEBOS
DO RIO

.... 59

Capítulo 15
A PRIMEIRA
PISTA

.... 66

Capítulo 16
A HISTÓRIA DO SEU
FERNANDO

.... 70

Capítulo 17
A OUTRA
OPORTUNIDADE

.... 77

Capítulo 18
ESTA HISTÓRIA
AINDA VAI LONGE

.... 83

Capítulo 19
A NOSSA CAMPANHA

.... 88

Capítulo 20
OS SEBOS DE
SOUTH BANK

.... 91

Capítulo 21
A RUA DOS LIVROS

.... 99

Capítulo 22
A CIDADE DOS
LIVROS

.... 108

Capítulo 23
O REI DE HAY

.... 117

Capítulo 24
ODEIO DESPEDIDAS

.... 124

Capítulo 25
A OUTRA VIAGEM

.... 127

Capítulo 26
DE VOLTA À
BIBLIOTECA

.... 132

Capítulo 27
NÃO VAI TER GOLPE,
VAI TER EXCURSÃO

.... 137

Capítulo 28
O LIVRO

.... 146

Capítulo 29
TERMINANDO COM
POESIA

.... 150

Sobre o autor
.... 159

Capítulo 1

A MALDIÇÃO DO SEGUNDO LIVRO

Acabei de ler um romance em que um dos personagens era um escritor acometido por bloqueio criativo; autor de um *best-seller*, ele sofria da maldição do segundo livro. Faz tempo que procuro outra história para contar. No meu primeiro livro, o fio condutor foi a luta contra o fechamento da biblioteca do nosso bairro. Naquela época eu tinha doze anos, hoje estou com catorze. De lá para cá, participei de outras lutas, fiz novos amigos, vivi algumas aventuras e amadureci. Queria juntar essas experiências e escrever um novo livro. Mas como começar? Qual seria o fio condutor da narrativa? Não me apareceu ideia alguma. Cheguei a rascunhar alguns projetos, mas nenhum deles foi para a frente. Comecei a pensar que não seria mais capaz de escrever; fiquei com medo. Como recurso, fui buscar inspiração nos romances, até que encontrei esse do personagem com bloqueio criativo, que, se não me deu inspiração, pelo menos me fez levantar a suspeita: estaria eu também sofrendo desse mal? Precisava reagir! Fui pedir ajuda ao Lipe:

— Não tô conseguindo achar uma história pro meu livro…

— De novo com essa ladainha, Le?! Já falei: primeiro você encontra a história, depois começa a escrever. Essa é a ordem das coisas, meu caro.

— Eu sei, é o que eu pretendo fazer. Você me ajuda?

— Claro que ajudo, vamos pensar…

— Já estou cansado de pensar, precisamos agir!

— E o que você propõe?

— Ainda não sei…

— E se a gente chamasse a nossa turma? Com tanta gente ajudando, não é possível que esse seu livro não saia.

— Será?!

Sem ideia melhor, consultamos a turma, criamos um grupo de mensagens e marcamos nossa primeira reunião.

Capítulo 2

TESTANDO A CORAGEM DO PROTAGONISTA

Todos os dias vou a pé para a escola; passo na casa do Lipe — ou ele passa na minha — e seguimos juntos, mas naquele dia decidi ir sozinho; queria pensar. Eu estava ansioso e precisava me organizar. Tinha duas preocupações: de uma já falei, era meu segundo livro; da outra ainda não disse nada, e acho que é a que mais me incomoda. Minha mãe sempre me diz que o problema maior não está naquilo que a gente revela, e sim no que esconde. Então vou falar, para me aliviar: estou apaixonado! Não é de hoje, faz tempo que gosto da Lia. Será que ela não percebe? Ou será que se faz de desentendida, não gosta de mim e me evita? Será que age assim porque gosta e quer que eu tome uma atitude? Acho que ela gosta de mim, sim… Mas será que é para namorar? Bom, isso eu só vou saber se perguntar. Está decidido: na próxima oportunidade, vou me declarar e pedir a Lia em namoro!

Cheguei na escola; tinha uma galera no pátio e ainda faltavam dez minutos para bater o sinal. Resolvi dar uma volta para ver se encontrava a turma e não vi ninguém. Mas, como a vida às vezes parece um romance — em que o autor resolve testar a coragem do seu protagonista —, a Lia apareceu sozinha, num canto, como se estivesse me esperando.

— Oi, Lia, tudo bem?

— Tudo! E você, Le, como está?

— Estou bem, também…

— Legal!

Segundos insuportáveis de silêncio. Eu não podia perder aquela oportunidade. Abri a boca, mas não disse nada do que pretendia falar:

— Vou começar a escrever outro livro…

— Fiquei sabendo, o Lipe me mandou mensagem. Sobre o que será esse?

— Ainda não sei, vou precisar da ajuda de vocês.

— Um livro pensado coletivamente, que legal!

— Que bom que gostou… Vai rolar reunião hoje à tarde, na Kátia. Você vai, né?

— Claro que vou! Agora preciso subir pra aula. Fiquei muito feliz com a novidade, Le. Adorei seu primeiro livro e tenho certeza de que vou amar o próximo!

Adorou o primeiro, vai amar o próximo… Pensei em aproveitar esses ganchos, ainda dava tempo de me redimir, mas qualquer associação nessa linha seria ridícula. A única palavra que consegui dizer para encerrar a conversa foi um respeitoso e formal…

— Obrigado!

Capítulo 3

DEZ PERSONAGENS À PROCURA DE UMA HISTÓRIA

— E aí, Le, tá mais calmo?

— Mais ou menos…

— Fica tranquilo que a gente vai conseguir. Não deu certo com o outro?

— Não é só o livro que me preocupa…

— Já sei, a Lia!

— Hoje encontrei ela na escola e não consegui falar nada.

— Ficou mudo?!

— Só falei do livro e da reunião.

— E ela confirmou presença?

— Confirmou.

— Então é por isso! Você tá apavorado porque vai encontrar com ela de novo.

— Apavorado eu não digo, mas tô bem nervoso.

— Calma que vai dar tudo certo! Pensa que ela vai participar da sua história e você vai ter o livro todo pra se declarar.

— Tem razão… Deixa comigo! — disfarcei minha insegurança fazendo cara de exibido.

Quando chegamos na casa da Kátia, todos já estavam presentes, inclusive a Lia. O Lipe assumiu a coordenação e depois dele foi a vez do Marcos falar:

— Antes de mais nada, a gente tem que saber o que quer contar nessa história; uma aventura, outra luta política, uma narrativa diferente? Pessoalmente, prefiro uma narrativa diferente, mas alguns temas não podem faltar: política, por exemplo. Não precisamos contar uma luta inteira, do começo ao fim, mas um pouco de política essa história tem que ter. É só o que eu tenho pra falar, por enquanto… Espera, ia me esquecendo de uma coisa: trouxe lápis e papel pra ilustrar a reunião.

— Maravilha! Tô escrevendo a ata, depois juntamos com os desenhos — o Lipe completou.

— Assim vai ficar fácil escrever esse livro. Com a ata do Lipe e as ilustrações do Marcos, é mamão com açúcar — disse o Touchê.

— Você que pensa — reagi.

— Quem é o mamão e quem é o açúcar? — quis saber o Pessoa, com cara de desentendido, e todos riram.

— Depois eu te explico… Pode continuar, Touchê. A palavra é sua.

— Vocês lembram do Linguiça?

— Que que tem o Linguiça? É pra falar de uma história pro livro do Le — a Lilian protestou.

— Pois é, isso tudo me fez lembrar do Linguiça…

O Touchê se levantou e declamou:

DE TRIVELA

Linguiça
o craque do campinho
alisa a pelota
como sua vida
      com todo cuidado

Sempre gingando
no assédio dos beques
e driblando
a fome, o sufoco
e (sobre) vivendo
nos gols de placa.

— Eu lembro dele! — eu disse, me juntando ao saudosismo do Touchê. — Pena que se mudou. Que falta faz o Linguiça!

— Ele foi expulso do bairro! A especulação imobiliária expulsou o Linguiça e outros amigos nossos. Você tem que falar de política, Le, nem que seja só pra homenagear o Linguiça.

— Terminou, Touchê? É sua vez, Kátia.

— Concordo, tem que ter política, mas também tem que ter aventura, muita aventura. E, pra isso, eu tenho uma ideia: vamos atrás de algo muito importante que esteja perdido.

— Ótima ideia, seguir um tesouro perdido!

— Mas primeiro temos que descobrir que tesouro é esse.

— Hmmm, é só pesquisar que a gente descobre.

— Mas ele tem que estar perto da gente, não adianta ser uma coisa que tá muito longe.

— Agora é você, Lilian.

— Concordo com o que vocês falaram. Mas, sobre essa última ideia, discordo de uma coisa: por que não pode estar longe? Nossa história ficaria bem mais interessante se acontecesse em outra cidade ou até em outro país.

— Outro país?!

— Quer saber? Não acho impossível!

— Ah, agora você vai apoiar as viagens da Lilian, Le?

— Não acho viagem, Kátia. Não devemos descartar essa possibilidade. Imaginem se a nossa história acontecesse em outro país. Não seria incrível?

— Imaginar, a gente imagina, eu vivo imaginando.

— É sua vez, Plínio.

— Também acho que tem que ter política e tenho uma ideia de tema: grêmio estudantil.

— O que é que tem o grêmio?

— Anda meio parado. Vamos ver se a gente pode fazer alguma

coisa pra agitar a política na escola. Eu me comprometo a buscar informações.

— O Chico é o presidente, posso ligar pra ele e marcar uma conversa — o Touchê se dispôs a ajudar.

— Boa ideia! E vocês cuidam disso? — interveio o Lipe, já distribuindo as tarefas.

— Cuidamos!

— Muito bem… pela ordem, agora é sua vez, Paulo.

— Quer saber? Essa reunião tá um perfeito teatro do absurdo, e de má qualidade! Sugestões óbvias, falta de conteúdo… Precisamos encontrar o fio condutor; sem isso, a narrativa não se sustenta e você sabe disso, Le. Onde tá o fio condutor dessa narrativa?

— Sei lá, Paulo, talvez esse tesouro que eles sugeriram… Calma que a gente vai encontrar. Agora, sugestões óbvias? Pegou pesado!

— Assim você ofende a gente, Paulo — o Pessoa se queixou.

— Desculpa, pessoal. Vocês têm razão, peguei pesado. Mas, já que é assim, também vou apresentar minhas sugestões. Sim, tem que ter política, mas só um pouco; o importante é a aventura. Essa aventura tem que estar em algum lugar, vamos encontrar esse lugar e ele vai ser o nosso "cenário" — propôs o Paulo, fazendo sinal de aspas com os dedos.

— Gostei, mas que lugar pode ser esse? O que você tá pensando em encontrar como "cenário"? — perguntou o Lipe, repetindo o gesto do Paulo para zoá-lo de leve.

— Ainda não sei, mas deve ser um lugar com livros, muitos livros. Quem sabe um livro perdido não foi parar nesse lugar… Vamos pensar…

— Uma biblioteca? — a Kátia sugeriu.

— Acho que não, biblioteca de novo?

— Uma cidade cheia de livros?

— Pode ser... É a sua vez, Pessoa.

— Gostei dessa ideia de cidade cheia de livros e tenho certeza de que ela existe, só precisamos saber como encontrar.

— E você tem algum plano? — o Lipe perguntou.

— Às vezes esqueço onde fica a escola... — o Pessoa respondeu com uma frase aparentemente sem sentido.

— Hmmm, e qual é o plano? — o Lipe insistiu.

— Só você, Pessoa — o Touchê interrompeu. — Esquecer onde fica a escola? Você vai todo dia pra lá!

— Eu esqueço, sei lá... O que importa é o que eu faço pra encontrar o caminho.

— E o que você faz?

— Sigo os uniformes, as meninas e os meninos de uniforme da escola.

— Tudo bem, mas ainda não entendi o plano — disse o Lipe. — O que isso tem a ver com a nossa história, Pessoa?

— Ora, tem tudo a ver: seguindo um livro, vamos encontrar essa cidade.

— E como vamos fazer isso, que livro a gente vai seguir? — a Lia perguntou.

— Pode ser qualquer um, parece que vocês não têm imaginação!

— Quer saber? Gostei da proposta do Pessoa! — o Lipe comentou. — Acho que estamos encontrando o nosso caminho! Quer falar mais alguma coisa, Pessoa?

— Só queria dizer que às vezes também esqueço o caminho de casa.

— Aí já é demais! E o que você faz nessas horas?

— Daí não tem jeito, fico perdido!

— Quem não tem jeito é você, Pessoa... Bom, agora é a minha

vez — o Lipe emendou —, mas não tenho muito a acrescentar. Vocês já falaram quase tudo, só esqueceram de um detalhe importante, a fantasia. Esse livro tem que ter fantasia, daquelas que o leitor fica espantado, perguntando: Como isso pôde acontecer?

— E que tipo de fantasia você sugere? — perguntei.

— Não se preocupa! Você, melhor do que a gente, sabe como essas coisas funcionam: de repente, sem querer, a fantasia aparece. A nossa também vai aparecer... Agora é a sua vez, Lia.

— É desvantagem ficar pro final, não tenho nada a acrescentar. Só tô preocupada com o Heitor...

— Preocupada comigo?!

Adoro quando a Lia se refere a mim pelo nome. Devia ser o contrário, mas sinto mais carinho assim do que quando ela me chama pelo apelido.

— Sim, tô preocupada; não sei como você vai conseguir escrever esse livro, construir um enredo, colocar todas as ideias numa mesma história, criar uma narrativa interessante, com ritmo, que prenda o leitor, e ainda desenvolver os personagens. Desde o começo, achei muito legal a proposta de um livro pensado coletivamente, mas apareceram tantas ideias que não sei como você vai fazer pra organizar tudo. Política, fantasia, livros, viagens, aventura, investigação, ação, suspense... Você tem que tomar cuidado pro leitor não se perder na narrativa.

— Deixa comigo! — fingi segurança.

— Bem, já que é assim, vou acrescentar mais uma ideia: acho que tem que ter uma história de amor.

Não me contive e logo imaginei uma história de amor protagonizada por mim e por ela.

— No que depender de mim... — sugeri, reforçando minha imagem de homem seguro.

— Só depende de você — ela respondeu secamente.

O que ela quis dizer com aquilo? Estava se referindo ao autor ou ao personagem? Com medo, arrisquei a pergunta:

— Como assim?

— Não é você quem vai escrever o livro? Então...

Ela se referia ao autor.

— É verdade! Pois vou considerar sua história de amor.

— Minha história de amor? — ela perguntou, aparentando surpresa.

— Nossa? — arrisquei.

— Nossa?! — a Lia devolveu, desta vez espantada.

Antes que os risos se tornassem incontroláveis, tentei explicar:

— Não, não é nada disso; tô falando da sua sugestão de história de amor.

— Ah, bom!

Quase me enrolei, mas consegui me recompor. A Lia encerrou e o Lipe me lembrou que era a minha vez de falar.

— Só quero agradecer, pessoal. Eu tava sofrendo, me sentindo preso, mas vocês me mostraram diversas possibilidades e agora tô mais confiante.

— Tamo junto, Le!

— Valeu!

AS DUAS SAÍDAS

Acordei cedo, tive um sono agitado. Antes de me deitar, li a ata do Lipe — eram muitas ideias —, escrevi um pouco e tentei me organizar. Sentia que o enredo estava na minha cara e eu não conseguia enxergar. Fiquei preocupado e apreensivo; estaria, de novo, preso a uma história e não encontraria saída? Tudo isso somado ao medo de não encontrar um livro para seguir. Precisava espantar esses maus pensamentos e continuar a escrever. Antes do bloqueio, as histórias sempre vinham à minha cabeça. Às vezes, até sem querer; andando pela rua, distraído, via alguma coisa, a associava a uma lembrança e a ideia surgia. Eu precisava acreditar que, de uma forma ou de outra, mais cedo ou mais tarde, esta também surgiria. Levantei e fui tomar o café da manhã.

— Caiu da cama? — meu pai perguntou, espantado, olhando o relógio.

— Tive uma noite horrível!

— O que tá pegando?

— O meu livro; não consigo avançar, parece que tô preso à história.

— Por que você não escreve um livro em que o narrador fica preso à própria história? — minha mãe sugeriu.

— Sua ideia é boa, mas não é essa a história que eu quero contar. Já falei pra vocês o que pretendo escrever...

— Mas não avançou em nada mesmo?

Contei a eles da reunião.

— Então você já avançou, só precisa ter calma e organizar todas essas ideias.

— Mas o mais importante eu ainda não descobri: o livro; eu preciso de um livro pra seguir. Ele vai ser o esqueleto da história; sem esse livro ela não se sustenta.

— Você já procurou na biblioteca do bairro?

— Não sei se seria o caso, um livro perdido... De qualquer forma, a biblioteca fechou pra reforma.

— Como não pensei nisso antes?! — meu pai me interrompeu com os olhos arregalados. — Semana que vem vou ao Rio de Janeiro entrevistar um bibliófilo. Quer ir comigo?

— Quero!

— Enquanto eu faço a entrevista você pode visitar a Biblioteca Nacional! Todos os livros publicados no país vão pra lá; não é possível que no meio de tantas histórias você não encontre a sua.

— Tem visita monitorada — minha mãe completou, atiçando ainda mais o meu desejo.

— Maravilha, vou adorar conhecer a Biblioteca Nacional! Mas você disse que vai entrevistar um bibliófilo?

— Sim, bibliófilo é a pessoa que ama livros, alguns são colecionadores...

— Eu sei o que é um bibliófilo, mas o que ele faz de tão importante pra você ir atrás dele no Rio de Janeiro?

— Ele se recusou a fazer a entrevista por telefone. É um caçador de autógrafos! Aliás, esse vai ser o título da matéria.

— Caçador de autógrafos, como assim?

— Ele empresta livros de amigos e, depois de ler, os devolve, autografados. Chegou a fazer viagens internacionais pra encontrar os autores dos livros que pegou emprestado. Fernando Antônio Mascarenhas de Albuquerque é o nome dele. É um homem rico. Caçou autógrafos por vinte anos, mas me contou que sofreu uma grande decepção e resolveu parar.

— Que decepção?

— Ele disse que só vai me contar pessoalmente.

— Que legal, pai! Não posso ir nessa entrevista também? Prometo que fico quietinho.

— Pode, acho que ele não vai se incomodar. Também vou ligar na biblioteca e marcar um horário. Agora vai que já deu a sua hora!

Capítulo 5
UMA CONDUÇÃO COERCITIVA

Passei na casa do Lipe e fomos juntos para a escola. No caminho, falei que iria para o Rio de Janeiro visitar a Biblioteca Nacional e acompanhar meu pai numa entrevista com um caçador de autógrafos.

— Caçador de autógrafos?!

— Isso mesmo! — contei em detalhes quem era Fernando Antônio Mascarenhas de Albuquerque e por que meu pai deu esse apelido a ele.

— Que legal! Estou com um pressentimento de que esse caçador de autógrafos vai ser a nossa salvação!

— Calma, primeiro vou ver qual é a dele. Não podemos contar só com uma possibilidade, nossa história também pode estar na Biblioteca Nacional.

— Ouvi falar que essa é a maior e a mais antiga biblioteca do Brasil! Não é possível que você não encontre lá algum livro que leve à nossa história.

— Tomara! Agora precisamos contar essas novidades pra turma. Vamos marcar uma reunião pra hora do recreio?

— Boa ideia! Vou mandar uma mensagem no grupo.

O Lipe enviou a convocatória, mas, durante a segunda aula, senti o pessoal meio desanimado e resolvi reforçá-la; escrevi um texto apelativo em um bilhete e passei para o Marcos, que passou para o Lipe, que passou para o Pessoa, que passou para o Plínio, que finalmente passou para o Touchê. Logo em seguida, o Touchê devolveu um bilhete para o Plínio, que leu, sorriu e passou para o Pessoa. O Pessoa leu, riu baixinho e passou para o Lipe. O Lipe leu, pôs a mão na boca para segurar a risada e passou para o Marcos. O Marcos leu, mas não se conteve e gargalhou bem alto, chamando a atenção da professora Dora. Ele ainda tentou passar o bilhete para mim, mas ela o tomou das mãos dele. De longe, percebi que não era o mesmo bilhete. A professora leu em silêncio e, furiosa, foi para a frente da sala, chacoalhando no ar o pedaço de papel:

— Quem foi o engraçadinho?

Ficamos calados.

— Se vocês não falarem, deixo a classe toda de castigo; hoje não vai ter recreio!

Apesar da ameaça de prisão preventiva para forçar uma delação, continuamos calados.

— Vamos, estou esperando!

Permanecemos quietos. Da minha parte, evitei até de olhar para o lado, com medo de que qualquer gesto pudesse ser interpretado como delação. Ficamos mais alguns instantes assim, até que o Touchê resolveu confessar:

— Fui eu!

— Ah, então foi você o engraçadinho? Muito bonito, senhor Antonio Carlos! — a professora começou a falar, forçando calma, mas logo alterou o tom e o volume de voz e quase gritou: — Já pra diretoria! Pegue esse bilhete, leve ao professor Athos e diga a ele que fui eu que mandei... Espera.

A professora Dora foi até a porta da sala e chamou o seu Moacir. Para evitar qualquer possibilidade de fuga, coube ao bedel fazer a condução coercitiva do nosso amigo Touchê.

Assim que o Touchê saiu da sala, a professora tentou retomar a aula, mas não tinha mais clima para reações endotérmicas e exotérmicas. Depois que bateu o sinal, fomos para nossa reunião. A turma estava quase completa; faltava o Touchê, que àquela hora devia estar tomando uma megabronca do diretor.

A reunião foi rápida, não tínhamos muito tempo. Passei os informes e combinamos algumas estratégias. A Lilian disse que gostou do caçador de autógrafos, principalmente porque nossa história iria para outra cidade, como ela defendeu, e todos ficaram curiosos para saber qual seria o mistério de Fernando Antônio Mascarenhas de Albuquerque.

— O que será que aconteceu pra ele desistir? — a Lia perguntou.

— Não sei — respondi. — Mas vamos descobrir.

— Adoraria ir com você.

— Também adoraria que você fosse comigo! — respondi, sem conseguir disfarçar minhas segundas intenções.

Falamos de outras questões e, ao final, o Touchê apareceu.

— E aí, vacilão, já saiu do castigo?

— Por que vacilão?

— Você não devia ter se confessado, pô! Queria ver a Doriana colocar todo mundo de castigo.

— Não é certo; não podia deixar que todo mundo pagasse pelo que eu fiz. Depois, foi até melhor, o Athos gostou do poema!

O diretor da escola reconheceu o valor poético dos versos do nosso amigo. Inclusive deixou que ele trouxesse de volta o bilhete, que finalmente pude ler:

BOLINHA DE GUDE I

Tenho uma professora
que se chama Doriana
casei-me anteontem
com uma taturana.

Capítulo 6

O CAÇADOR DE AUTÓGRAFOS

Nosso voo saía às sete, então meu pai me acordou bem cedo. Tomamos o café, pegamos um táxi, partimos para o aeroporto de Congonhas, embarcamos e, em pouco mais de uma hora, desembarcamos no Santos Dumont. A entrevista estava marcada para as dez da manhã. Pegamos outro táxi e fomos para a avenida Vieira Souto, em Ipanema, para a casa do caçador de autógrafos; ele morava num apartamento de frente para o mar. Chegamos, tocamos o interfone, subimos e um elegante senhor nos recebeu com simpatia:

— Bom dia, meus caros!

— Bom dia, senhor Fernando!

— Entrem, por favor. Fizeram boa viagem? Quem é o rapaz?

— Fizemos… Este é o meu filho, Heitor. Ele gosta muito de ler, ficou interessado pelo assunto e pediu pra acompanhar na entrevista. Isso se o senhor permitir…

— Só me deixa feliz esse interesse pela leitura! É claro que permito!

Agradeci, olhei para a frente e vi as janelas e uma varanda enorme do outro lado da sala. Pedi licença e fui até lá; fiquei maravilhado com a vista, era mar para a todo lado e algumas praias. O seu Fernando chegou perto de mim e me perguntou:

— Gostou?

— Adorei!

— Reconhece as praias?

— Não…

Ele se aproximou do muro de proteção e começou a me explicar, apontando para a esquerda:

— Lá no fundo fica o Leme; ao lado é Copacabana, que vai até aquela pedra enorme, está vendo? É a pedra do Arpoador. Logo ali, antes da pedra, é a praia do Arpoador, e depois começa Ipanema. — O seu Fernando fez um movimento de rotação para a direita e, com o braço ainda estendido, apontou: — Tudo isso é Ipanema; mais adiante, começa o Leblon, que vai até aquelas montanhas. Lá no fim é o morro Dois Irmãos, onde fica o Vidigal, e, depois do morro, vem São Conrado. Você já foi a esses lugares?

— Ainda não…

— Mas certamente ouviu falar.

— Sim, e um dia quero conhecer!

— Tenho certeza que vai… Agora me diga, quais são as suas preferências de leitura?

— Gosto de tudo, mas do que mais gosto são os livros que falam de livros.

— E o que você está lendo no momento?

— Comecei a ler *Kafka à beira-mar*, do Haruki Murakami. O senhor conhece esse escritor?

— Sim, mas nunca li nada dele.

— Esse livro conta a história de um menino que foge de casa e vai morar numa biblioteca.

— Interessante… Depois quero saber mais; agora preciso dar uma entrevista pro seu pai.

Atravessamos a sala. Meu pai estava do outro lado, sentado à mesa e conferindo suas anotações. Seu Fernando sentou-se à sua frente e eu me acomodei ao lado do meu pai, que deu *rec* no gravador e começou a falar:

— Quando o editor apresentou a pauta, logo me adiantei: essa é minha!

Já acompanhei outras entrevistas do meu pai e ele sempre faz uma introdução, valorizando o assunto tratado. Gosto da relação animada que ele tem com o trabalho.

— Essa pauta tinha que ser minha, pois me fez lembrar de um caso que aconteceu comigo há algum tempo. Peguei emprestado da minha amiga Ota um livro do José Eduardo Agualusa. Por coincidência, naquela mesma ocasião, o escritor angolano estava no Brasil lançando outro livro. Fui ao lançamento, comprei o livro novo, peguei seu autógrafo e pedi a ele que também autografasse o antigo, para essa minha amiga. Na hora, contei meu plano a um amigo que encontrei na livraria e ele comentou: "Bela história, pode dar um livro!". Se vai dar um livro, ainda não sei, mas já está dando uma reportagem. Agora, me diz uma coisa, senhor Fernando: como começou essa história de ir atrás dos escritores e buscar seus autógrafos?

— Começou por acaso, há quase vinte anos, de forma semelhante à sua história com o Agualusa; só que, no meu caso, foi com um escritor português. Estava de viagem marcada para Portugal, tinha acabado de me aposentar, fazia planos para a nova vida e pensava em como ocupar meu tempo livre. Então pedi a uma amiga a indicação de um livro que já me colocasse no clima do país. Ela disse que terminara de ler *Nenhum olhar*, romance de José Luís Peixoto — à época, um jovem escritor —, e que eu poderia levá-lo na viagem. Comecei a leitura ainda no Brasil e terminei no avião. Por coincidência, assim que cheguei ao aeroporto de Lisboa, avistei o autor, que aguardava um voo para a Espanha.

— O José Luís Peixoto?

— Sim, o próprio! Eu o reconheci pela foto da orelha. Seu romance se passa em Alentejo, região de Portugal onde o autor nasceu e se criou, e conta uma história de solidão: além de sozinho, o personagem se sentia perdido. Mas, apesar desse enredo, o livro fez com que eu me encontrasse. Então, quando vi o escritor, não tive dúvida e fui logo conversar com ele. Me apresentei e, com o livro em mãos, falei do impacto que a leitura me causara, disse que tinha sido indicação de uma amiga brasileira, que aquele exemplar era dela, e finalmente pedi um autógrafo para a Maria Alice, pois queria retribuir sua gentileza. Naquele momento, ainda não tinha ideia de que o ato, impensado, viraria uma prática e ajudaria a resolver meus conflitos de velho recém-aposentado.

— E quando o senhor se deu conta disso?

— Quando fui atrás do segundo autógrafo, já estava certo de que poderia ocupar meu tempo livre com a leitura de romances e, principalmente, com tudo o que eles podiam me inspirar.

— E como foi com o segundo?

— Foi uma opção caseira. Quando vi meu neto lendo *O amor de Virgulino, Lampião*, um infantojuvenil de Luciana Savaget, perguntei o que estava achando do livro. Ele disse que estava gostando muito do Lampião e que adorou o jeito como a escritora contava a história. O livro mistura ficção e realidade e fala da vida do cangaceiro, de sua luta e de seu amor por Maria Bonita. Conheci a mãe da autora, a Edna Savaget, jornalista, precursora dos programas de entrevistas na TV, muito conhecida, principalmente aqui no Rio de Janeiro. Assim, não seria difícil localizar a filha. Peguei o livro emprestado do meu neto Mario e fui atrás do autógrafo. Além de dar sequência ao meu novo trabalho, também achava que com isso poderia aproximar o menino da escritora e incentivá-lo a continuar lendo literatura.

— Eu li *O amor de Virgulino, Lampião* e adorei! Inclusive sou amigo da Luciana; ela que fez a apresentação do meu livro! — me intrometi na entrevista, espantado com a coincidência.

— Seu livro?! Que maravilha, Heitor! Não sabia que você tinha escrito um livro. Quero ler!

— Escrevi, sim. Pode deixar que vou mandar um exemplar de presente pro senhor. Autografado! — eu disse sorrindo.

— Continuando — meu pai me olhou um pouco impaciente —, são quase vinte anos caçando autógrafos... O senhor tem ideia de quantos conseguiu nesse tempo? Poderia destacar outros autores?

— Foram tantos que até perdi a conta. De um passatempo, acabou virando uma obsessão. Comecei a perseguir e vigiar os amigos, curioso para saber o que estavam lendo. Pegava muitos livros emprestados ao mesmo tempo e tinha que ir atrás dos autores, pesquisar suas rotinas e descobrir um jeito de encontrá-los. Quando começaram as Flips, as festas literárias de Paraty, me programei para ir até lá. Me agrada muito ouvir conversas sobre livros. Além disso, com diversos escritores consagrados reunidos em uma pequena cidade, eu teria uma grande oportunidade de conseguir novos autógrafos. Meses antes do evento, já comecei a me organizar, a escolher as mesas, a listar os autores convidados, e, quando fui investigar o que liam as pessoas do meu círculo, descobri que muitas estavam lendo os livros que seriam lançados naquela Flip. Uma amiga lia o do Chico Buarque; outro amigo, o do Paul Auster; minha irmã lia a canadense Margaret Atwood; meu vizinho, os contos de Sérgio Sant'Anna; minha filha, o Joca Reiners Terron; meu genro, o seu José Eduardo Agualusa; meu ex-colega de trabalho, o português Miguel Sousa Tavares. E nenhuma dessas pessoas iria à Flip. Peguei os livros emprestados, levei-os a Paraty e os trouxe de volta devidamente autografados. Alguns já esperavam pelo autógrafo, outros se surpreenderam.

— E na volta da Flip, o senhor continuou nesse ritmo?

— Fiquei mais comedido, mas ainda mantive uma média de, pelo menos, um livro autografado por mês. Voltei à rotina de bisbilhotar a leitura alheia e assim fui conhecendo muitos autores contemporâneos. Certa vez descobri um grande escritor brasileiro na sala de espera do meu médico. Um outro paciente lia um livro enquanto aguardava o atendimento. Discretamente, torci o pescoço para ver o título, como sempre faço no metrô, nas ruas, nos cafés. Ele percebeu e, para facilitar, virou a capa em minha direção. Sorri e li em voz alta: *Dois irmãos*, Milton Hatoum". "Conhece?", ele me perguntou. Eu disse que ainda não tinha lido nada daquele escritor. "Não sabe o que está perdendo, acabei de ler, é maravilhoso; quer emprestado?", ele fechou o livro e me ofereceu. "E como farei para devolvê-lo?". "Anota o meu número; depois quero saber o que achou da leitura". Motivado por essa sugestão casual, li, gostei muito, e como tinha que ir a São Paulo, procurei pelo escritor e consegui o autógrafo para o Jairo, que virou meu amigo, com quem sempre converso sobre livros.

O seu Fernando continuou citando diversos escritores de quem pegou autógrafos. Falou de Alberto Manguel, que fiquei muito interessado em conhecer. Ele escreve sobre leitura, livros e biblioteca — meus assuntos prediletos. Manguel nasceu na Argentina e se naturalizou canadense. Seu Fernando foi a Toronto, levou o *No bosque do espelho*, emprestado de um amigo, e voltou com o autógrafo do escritor, que na época morava por lá. De Juan Pablo Villalobos também pegou o autógrafo, mas esse foi mais fácil. Mexicano, ele morava no Brasil quando lançou o *Festa no covil*.

Ele também contou que, com um olho nos livros e outro nos autores, acompanhava os lançamentos das livrarias do Rio de Janeiro e saía à caça; listou vários escritores brasileiros de quem fora às sessões de autógrafos. Foi também para a Argentina, com *Segredos de menina*, de Maitena Burundarena; para o Chile, com *Bonsai*, de Alejandro Zambra; para a Colômbia, com *Heróis demais*, de Laura Restrepo; e para o Uruguai, com *Um, dois e já*, de Inés Bortagaray.

— O senhor leu todos os livros que emprestou?

— Sim, li todos, sem falhar um! Quando pegava muitos de uma vez, tinha que me esforçar e reservar mais horas do dia para ler, pois também havia as minhas leituras pessoais. Teve semanas em que não fiz outra coisa senão ler — e, confesso, foram as melhores! Na verdade, foi a leitura que motivou essa minha ideia. Sempre gostei de ler e, com o tempo, aprendi que compartilhar livros e leituras pode ser muito interessante. Além de descobrir outros olhares, aspectos que muitas vezes nos escapam, quando lemos um livro emprestado de alguém, desvendamos os segredos de seu dono — para isso, os livros anotados são os mais eficientes. Com o tempo, descobri que, assim como desvendava os segredos dos outros, acabava revelando os meus. Dessa forma, a brincadeira ia ficando cada vez mais divertida. Ler os mesmos livros e conversar sobre eles cria laços, reforça vínculos e promove pactos.

— Agora, a última pergunta, aquela que não quer calar: na conversa que tivemos pelo telefone, o senhor me falou de uma grande decepção, que inclusive o fez parar de pegar autógrafos. O que aconteceu?

— Pelo telefone, chamei de decepção, me lembro muito bem, mas talvez seja uma grande frustração, misturada a culpa e raiva, que me paralisou; nem ler tenho conseguido mais. Antes disso acontecer, eu estava decidido a terminar com essa brincadeira, andava cansado e fui atrás do que seria o meu último autógrafo. Planejei a surpresa, seria para minha amiga Maria Alice, com quem comecei essa história. Iniciei com Maria Alice e queria encerrar com ela. Além de ser uma grande amiga, temos muitas afinidades literárias; é a pessoa com quem mais gosto de compartilhar leituras! Então, passei a observar o que minha amiga lia. Maria Alice é do tipo que lê diversos livros ao mesmo tempo. Nunca consegui fazer isso; das vezes que tentei, mais por necessidade, acabei misturando as histórias. Ela ri de mim! Pois bem, naqueles dias, Maria Alice lia quatro livros! O que era melhor, pois, dentre os quatro, eu poderia escolher o que mais se adequasse à situação e o que fosse mais fácil para conseguir o autógrafo. Um já descartei: *Diário de um homem supérfluo*, de Ivan Turguêniev, russo que nasceu em 1818 e morreu em 1883. Também desconsiderei *A mulher perdida*, do australiano Tim Winton — eu não teria disposição para ir tão longe. Sendo assim, sobraram dois, mas, pelo conteúdo de um deles, fiquei com o encantado, pois Maria Alice me adiantou: "esse livro parece contar a nossa história".

— "Encantado" é o título do livro?

— Não, prefiro não pronunciar o título. Estou me referindo a ele somente como "o livro encantado". Sinto que se falar o nome, terei azar; acho que me transformei numa pessoa supersticiosa! Vou anotar o nome do autor e o título do livro e entregar para você, mas, por favor, só leia quando sair daqui e, se puder, evite pronunciá-lo. Isso também serve para você, Heitor. — Seu Fernando arrancou a página de um caderno, fez as anotações, dobrou a folha em quatro e passou-a para o meu pai, que imediatamente a guardou no bolso.

— O livro é novo — continuou contando. — O escritor deveria fazer uma sessão de autógrafos no Rio, o que facilitaria o meu trabalho. Como esperava, aconteceu o lançamento em uma livraria no bairro de Botafogo. Troquei algumas palavras com o escritor no evento e peguei o autógrafo. Antes de sair, conversei com amigos, fucei pelas estantes e logo resolvi ir embora. Caminhei até a estação Botafogo do metrô e tomei o trem para a General Osório, a mais próxima de casa. O livro estava em uma sacolinha, coloquei-a no banco, ao meu lado, enquanto conferia alguns papéis. Quando o trem chegou à minha estação, me virei para pegar a sacolinha de volta e ela não estava mais lá; tinham sumido, sacolinha e livro. A história é essa, nem me perguntem se tenho certeza de ter entrado com o livro no metrô; sim, tenho certeza, entrei com o livro no metrô! Também não me perguntem, por favor, se não vi alguém que pudesse ter pegado a sacolinha sem que eu percebesse; não, não havia ninguém por perto. Como por encanto, o livro simplesmente sumiu!

Seu Fernando pediu que não fizéssemos essas perguntas, mas acabamos fazendo outras. Meu pai e eu só queríamos ajudar, e essa nossa conversa do final não fazia mais parte da entrevista; meu pai já tinha desligado o gravador, ela era em *off*. Perguntei quando isso tinha acontecido, e ele respondeu que fazia quase um mês. Contou que ficou paralisado e que nesse período só conseguiu ir ao setor de achados e perdidos do metrô, mas nada do livro.

— Preciso encontrar o livro de Maria Alice! Pode parecer dramático, mas acho que a minha vida está dependendo desse livro.

Decidi fazer de tudo para encontrar o livro do seu Fernando. Primeiro, porque fui com a cara dele e queria ajudá-lo, depois, porque alguma coisa me dizia que aquele livro seria o nosso fio condutor. Nos despedimos — meu pai falou para ele não perder as esperanças e eu disse que podia contar comigo — e, logo que saímos, lemos o que estava escrito no bilhete: o autor, eu já conhecia, mas não aquele título.

Capítulo 7

O ESPECIALISTA EM LIVROS PERDIDOS

Almoçamos em Ipanema e caminhamos pelo calçadão. Depois, meu pai me deixou na estação General Osório — ele tinha outra entrevista — e eu fui de metrô, sozinho, até a Biblioteca Nacional, ao lado da estação Cinelândia.

Chegando lá, fui recebido pelo monitor Gabriel, que começou a visita contando que a biblioteca surgiu em 1808, com a chegada de D. João VI ao Rio de Janeiro, mas só foi fundada em 1810. Também contou que, em 1889, antes de D. Pedro II retornar a Portugal, com a Proclamação da República, ele doou um conjunto de aproximadamente cem mil obras à biblioteca — a maior doação que ela recebeu. Ele ainda contou que, no acervo, há dois exemplares — dos doze que existem no mundo — da *Bíblia de Gutenberg* ou *Bíblia de Mogúncia*, o primeiro livro impresso da história, de 1455, e que, certa vez, a Biblioteca de Nova York quis comprar um desses exemplares, mas o Brasil não vendeu.

Gabriel contou outras curiosidades, porém o mais importante aconteceu no final. Lá pelo meio da exposição, ele disse uma coisa que ficou martelando na minha cabeça: muitas vezes um livro se perde, guardado em lugar errado ou esquecido em algum canto da biblioteca, e só quando alguém precisa dele é que percebem que está sumido. Para essas situações, a biblioteca tem uma equipe especializada em encontrar livros perdidos. Pensei no seu Fernando. Sei que é diferente, ele não perdeu o livro numa biblioteca, mas essa equipe certamente teria alguma dica para me dar. Assim que terminou a exposição, falei com Gabriel e ele me levou ao setor de livros perdidos da Biblioteca Nacional.

O chefe daquele setor era o Rutonio, que estava sentado à sua mesa. Depois das apresentações, disparei a falar do livro encantado e lhe contei, em detalhes, a história do seu Fernando. Não sei se foi o volume da minha voz ou mesmo a própria história do caçador de autógrafos, mas meu relato atraiu toda a equipe, que logo começou a me fazer perguntas. Eles queriam saber se os métodos utilizados para procurar os livros perdidos da Biblioteca Nacional poderiam me ajudar. Eles me explicaram que, na biblioteca, os arquivos dos livros são identificados por números: tem o número do andar, o número da estante, o número da prateleira e, finalmente, o número do próprio livro. Há casos de inversão, por exemplo, um livro da prateleira 195 pode ter sido guardado, equivocadamente, na prateleira 159. Mas essa técnica não teria nenhuma utilidade para procurar o livro encantado, um típico livro sem prateleira. Citaram outras, só por curiosidade, pois já sabiam qual era a técnica mais adequada para o meu caso: seguir o livro!

Antes de seguir um livro perdido na Biblioteca Nacional, eles consultavam os registros e mapeavam seu percurso. Também avaliavam o perfil psicológico da última pessoa a manuseá-lo: se for uma pessoa distraída ou desorganizada, há grande possibilidade de o extravio ter acontecido com ela ou por culpa dela. Pensei no seu Fernando... Ele não me parecia desorganizado; mas seria distraído? Nesses casos, eles começavam a procurar pelas "imediações do ocorrido". Porém, o livro encantado não estava mais perto de onde sumiu, pode ter ficado lá por algum tempo, mas logo deve ter tomado outro rumo, levado por quem o achou. Eles me ouviram e concluíram, fechando o meu plano de busca:

— Você tem duas alternativas. Se quem o encontrou gosta de ler, certamente o guardou e, nesse caso, já pode dá-lo como perdido. Mas se o vendeu, você tem um caminho para investigar — Rutonio me explicou.

— E por onde devo começar? — perguntei ansioso.

— Comece por um sebo. Vou lhe passar alguns endereços aqui do centro.

Senti que a conversa estava chegando ao fim. Anotei os endereços, agradeci, disse que mandaria notícias e fui embora. Meu pai estava me esperando na avenida Rio Branco. Fomos para o aeroporto e tomamos o avião de volta para casa. No caminho, contei da visita, da conversa com o especialista e disse que precisaria voltar ao Rio para visitar alguns sebos. Ele concordou, mas me desanimou dizendo que não planejava voltar tão cedo. Chegando em casa, contei a mesma história à minha mãe. Ela falou que o livro do seu Fernando poderia ser, sim, o que tanto procuro, me incentivou a visitar os sebos e me animou dizendo que o Rio de Janeiro não era tão longe assim.

Capítulo 8

O LIVRO ENCANTADO

De manhã, autografei um exemplar do meu livro para mandar para o seu Fernando, junto com uma dedicatória bem bonita. O Lipe já tinha me ligado, queria saber das notícias do Rio.

— Conta logo! Como foi lá no Rio? A biblioteca é legal? E o seu Fernando, qual foi a decepção dele? Você foi à praia?

— Calma, Lipe, uma pergunta de cada vez. Não deu tempo de ir à praia, mas vi o mar. O apartamento dele fica em Ipanema, na avenida Vieira Souto, de frente pra praia. Também andei com meu pai no calçadão.

— Em Ipanema, de frente pro mar?! O seu Fernando é rico?

— Parece que sim, mora num apartamento enorme, você precisa ver!

— Conta mais!

Falei do seu Fernando e procurei resumir meu relato ao máximo. Não daria tempo de contar tudo, mesmo que meu amigo não me interrompesse a toda hora com comentários e exclamações. Além disso, eu não queria polemizar antes de levar a história para a nossa reunião. Mesmo assim, contei do livro e deixei escapar o título — me arrependi e pedi segredo. No final, disse que precisávamos marcar outra reunião.

— Hoje à tarde tá bom?

— Quanto antes, melhor!

— E onde vai ser?

— Vamos ver se dá pra fazer na Kátia de novo. Você fala com ela?

— Falo e depois convoco lá no grupo. Pode deixar que eu coordeno mais essa, e vou caprichar!

Naquele dia, na escola, todos quiseram saber detalhes sobre o livro do seu Fernando — o Lipe já tinha adiantado algumas partes da história, mas felizmente não entregou o título. Pedi que tivessem paciência, pois contaria tudo na reunião. Terminadas as aulas, voltei para casa, almocei e comecei a pesquisar os sebos do Rio de Janeiro. Encontrei muitos no centro da cidade, inclusive os que o Rutonio me passou, mas também achei outros, na Tijuca, em Campo Grande, em Copacabana e até em Ipanema, o bairro do seu Fernando. Depois, joguei o celular para o lado, fiquei pensando na vida e cochilei. Acordei com a ligação do Lipe, me apressando:

— Já são três e meia e a gente não pode se atrasar!

O Lipe passou em casa e fomos os primeiros a chegar; aos poucos, apareceram os outros. Meu amigo abriu a reunião:

— Não falta mais ninguém, já podemos começar? Ok! Vou pedir ao Heitor o obséquio de fazer um resumo conciso de tudo o que viu no Rio de Janeiro.

Estranhei o jeito como o Lipe começou, exibido e muito formal, mas deixei rolar.

— Todos sabem que o nosso caro amigo esteve ontem na Cidade Maravilhosa. Conheceu o senhor para quem demos a alcunha de caçador de autógrafos e, além disso, visitou a Biblioteca Nacional, a maior e mais importante do Brasil. Por favor, Le, procure se ater àquilo que interessa ao nosso objetivo. Diga, principalmente, se você teve a sorte de encontrar o nosso livro e nos conte qual é o seu título. Estamos todos curiosos. A palavra é sua, meu caro. Pode falar!

Esbocei um gesto para começar, mas o Paulo me interrompeu e dirigiu-se ao Lipe:

— Duvido que o Le não tenha te contado! Além disso, você tá muito chato pra coordenar! Se continuar assim, não vou aguentar nem mais um minuto dessa reunião. Por obséquio, coordena direito!

— Alcunha, onde já se viu?! — o Pessoa colocando mais lenha na fogueira.

— Quer saber, Paulo? Falei, sim, o nome do livro pro Lipe e me arrependi. Não devia ter falado! Lembrei do que o seu Fernando me pediu, ele não falou o nome…

— E como você ficou sabendo?!

— Calma que eu explico. Mas vocês vão ter que ter paciência, pois preciso começar do começo. Só assim vocês vão entrar no clima e entender.

Descrevi o apartamento do seu Fernando e a vista da varanda, contei sua história de caçador de autógrafos, citei alguns autores, falei das viagens, da sua amiga Maria Alice — disse tudo isso abusando das pausas dramáticas, até chegar ao livro.

— Estou adorando a sua exposição! — a Lia me elogiou. — Mas ainda falta contar como você descobriu o nome do livro.

— E por que até agora não falou pra gente?

— Não falei e nem vou falar.

Nessa hora a revolta foi geral, até o Marcos, que estava quietinho em um canto, desenhando, se manifestou:

— Não é justo que só você e o Lipe saibam o nome do livro. Por quê? Vocês são mais importantes? Essa informação é fundamental e deve ser socializada.

— Vamos parar com essa brincadeira, a reunião tá virando uma bagunça — ordenou, surpreendentemente, o Touchê.

— Se vocês me deixarem continuar, eu explico. No final, o seu Fernando disse que não pronunciaria o nome do livro, nem do autor, porque isso poderia dar azar. Ele se referiu a ele apenas como "o livro encantado", por ter sumido, assim, do nada, e anotou os nomes numa folha de papel que agora está aqui comigo. Vou passar pra vocês e peço que a gente faça como ele: não vamos pronunciar o nome do livro, nem do autor. De acordo?

— De acordo!

Passei o bilhete. Do livro, ninguém ainda tinha ouvido falar, já o autor, todos conheciam. Em seguida, para encerrar, contei rapidamente da minha visita à Biblioteca Nacional e de tudo que aprendi lá. Deixamos a discussão sobre a possibilidade de voltar ao Rio de Janeiro para uma próxima oportunidade, e, quando o Lipe já ia encerrar, o Plínio pediu a palavra:

— Esqueci de colocar na pauta... Já conversamos com o Chico, temos informações do grêmio e da diretora que vai ficar no lugar do professor Athos.

— O professor Athos vai sair da escola?

— Ele vai se aposentar... Você quer falar, Touchê?

— Falo... Como o Plínio acabou de contar, o professor Athos

vai se aposentar e já escolheram a nova diretora. O nome dela é Maria Aparecida, dizem que é meio reaça. Também conversamos com o Chico e ele contou que vai ter eleição pra diretoria do grêmio…

— Mas a eleição não é no começo do ano? — perguntou o Pessoa, curiosamente atento ao calendário escolar.

— Sim, mas por causa da aposentadoria do Athos, ela acabou não acontecendo e o mandato atual foi prorrogado. A eleição será no meio do ano; a secretaria vai soltar um comunicado. Proponho que a gente monte uma chapa, assim faremos frente à nova diretora e criaremos conteúdo pro livro do Le. O que acham?

Colocamos a proposta em votação e ela foi aprovada por unanimidade. Encerramos a reunião.

Capítulo 9

UMA CONVERSA SOBRE LIVROS

— Foi boa a reunião, né? — disse a Lia na saída, vindo conversar a sós comigo.

— Também achei!

— Você foi muito bem, falou da viagem e colocou a gente no clima da história. Só enrolou um pouco pra explicar essa confusão do livro…

— Um pouco?!

— Digamos que foi muito — disse, me dando um sorriso.

— Fazia parte da estratégia — falei, devolvendo o sorriso para ela.

— Você planejou tudo?!

— Brincadeira, resolvi na última hora. Mas você tem razão, não funcionou criar o suspense, tinha muita gente impaciente e os ânimos estavam exaltados. Você tá indo pra sua casa?

— Tô.

— Posso ir junto?

— Claro, vamos nessa!

Fomos caminhando e conversando; a casa da Lia ficava a oito quadras da casa da Kátia.

— Achei você meio calada.

— Estou preferindo ficar na minha; falar por falar não vale a pena.

— Concordo.

— E o seu *blog*? Vi que tem publicado pouco e sinto falta das suas indicações de leitura. O que você está lendo?

— Haruki Murakami.

— Nunca li nada dele. Qual é o livro? Tá gostando?

— *Kafka à beira-mar*. Tô adorando! É a história de um menino de quinze anos que foge de casa pra morar numa biblioteca.

— Sua cara!

— Tenho cara de quem foge de casa?

— Não, né? De quem quer morar numa biblioteca.

— E como é a cara de quem quer morar numa biblioteca?

— Sei lá, é uma cara assim como a sua.

— E como é a minha cara?

— Sua cara, sua cara... deixa eu ver... — A Lia chegou bem perto de mim, pegou no meu queixo e começou a mover minha cabeça, lenta e levemente, para a direita e para a esquerda, como se examinasse meu rosto. — Já sei como é a sua cara: é como a cara de alguém que quer morar numa biblioteca! — ela disse finalmente, dando uma gargalhada bem gostosa. Adoro as gargalhadas da Lia!

— Boba! Na verdade, ele não foge de casa só pra morar numa biblioteca, ele queria ficar longe do pai, com quem vivia, escapar de uma terrível profecia e também encontrar a mãe e a irmã, que partiram quando ele ainda era criança. Na fuga aparecem outras personagens, todas bem misteriosas, como a Sra. Saeki, que ele supõe ser sua mãe. Ao mesmo tempo, se apaixona por uma moça que ele imaginava ser a jovem Sra. Saeki. Tem outras personagens, mas vou parar nessa, senão vou dar *spoiler* e revelar a profecia.

— Numa rápida análise, já dá pra adivinhar a profecia — ela disse sorrindo.

— Pra dizer a verdade, a profecia nem tem tanta importância. Saber dela antes não vai atrapalhar a leitura.

— E por que se chama *Kafka à beira-mar*?

— *Kafka à beira-mar* é o nome de uma música que a Sra. Saeki compôs quando era jovem e que fez muito sucesso. E o menino também se chamava Kafka, Kafka Tamura. E você, Lia, o que tá lendo?

— Tô lendo um livro da Clare Vanderpool.

— Já ouvi falar. Sei que ganhou um prêmio importante nos Estados Unidos, o John Newbery, da American Library Association, mas nunca li nada dela. Qual você tá lendo?

— *Minha vida fora dos trilhos*. É a história de uma menina de doze anos, a Abilene Tucker. Seu pai foi trabalhar em outro estado e mandou a filha, sozinha, de trem, passar uma temporada em Manifest, uma cidade do Kansas. O pai sempre lhe falava das aventuras que viveu quando morou por lá e, quando Abilene chegou, logo reconheceu a Manifest das histórias do pai. Mas a cidade já não era a mesma, estava abandonada: lojas decadentes, muitas já fechadas, as pessoas cansadas. Há duas histórias no livro, uma do tempo presente, de quando ela é contada, e essa outra, de 1917, época em que o pai morou em Manifest.

— Interessante. Quero ler!

— Quando terminar eu te empresto.

Chegamos à casa da Lia e paramos no portão. Ela pegou minhas mãos e disse:

— Heitor — adoro ouvi-la pronunciar meu nome —, já faz dois anos que somos amigos... Lembra do começo?

— Claro que lembro, eu já era amigo da Kátia e da Lilian. Você ainda não tinha entrado pra nossa turma, vivia com a turma daquele Cris.

— Você não ia com a cara dele, né?

— Era muito folgado e exibido. Você tem visto o Cris? — perguntei, com medo de uma resposta afirmativa.

— Não. Desde que se mudou de escola, nunca mais falei com ele.

— Ainda bem — comentei aliviado. Ela sorriu e eu tratei de expulsar o Cris da conversa: — Adoro falar de livros com você!

— Eu também! Quando tô lendo um romance e percebo alguma coisa diferente na história, no jeito como o autor conta, sei lá, fico louca pra falar com você.

— Já falamos de muitos romances, né?

— Sim, muitos, nem tenho ideia de quantos.

— Tá na hora da gente fazer o nosso — eu disse, tentando ser sedutor.

— Você já fez o seu, tá até escrevendo outro — ela respondeu, dando uma de desentendida.

— Não é desse romance que estou falando, você sabe.

— Você também sabe como é difícil começar um e que, pra ser bom, o romance tem que ter um bom começo.

— De qual romance você tá falando?

— De todos.

— Mas todo romance uma hora tem que começar, senão acaba não rolando.

— Você não demorou pra começar o seu?

— Demorei, mas já comecei.

— Pois eu ainda não sei por onde começar.

— O nosso?

— Pode ser.

— Podemos começar por aqui.

— Por aqui, onde?

— Por aqui, ora — abri os braços, apontando pro chão e, com cara de impaciente, disse: — Essa conversa está ficando muito confusa.

— Também acho... melhor a gente parar e esperar. Preciso pensar.

— Tá bom, vai... pode pensar que eu espero. O Jacó esperou por sete anos.

— Que Jacó?!

— O Jacó do soneto do Camões.

— Ah, tá. Fica tranquilo, você não vai ter que esperar tanto assim... Eu conheço esse soneto — disse a Lia, e recitou uma estrofe:

> Os dias, na esperança de um só dia,
> Passava, contentando-se com vê-la;
> Porém o pai, usando de cautela,
> Em lugar de Raquel lhe dava Lia.

— Ele foi feito pra Raquel. O Jacó preferiu esperar mais sete anos pela Raquel e não quis a Lia.

— O Jacó era um bocó!

Capítulo 10
A VISITA A UM SEBO

Na escola, começou a rolar um diz-que-diz sobre a nova diretora, a professora Maria Aparecida. Não sei se eram verdadeiras as informações que alguns traziam de outro colégio, mas a fama de que ela era severa e autoritária já corria solta. Em pouco tempo, ela recebeu a alcunha — parodiando o meu amigo Lipe — de Cidinha, e qualquer atitude mais expansiva era reprimida com o alerta: "Cuidado, a Cidinha vem aí!". Esse bordão nos divertiu naquele dia, mas, brincadeiras à parte, fiquei apavorado de imaginar o terror que nos aguardava. Uma coisa era certa: devíamos levar adiante a ideia de montar uma chapa. Tínhamos que marcar posição, era nosso direito. Afinal, ainda vivíamos numa democracia.

Em casa, depois da aula, li alguns textos sobre grêmio estudantil na internet e pesquisei um livro do Jorge Miguel Marinho sobre a vida do Mário de Andrade. Por sorte, havia um exemplar num sebo de Pinheiros. Aproveitei e fiz outra busca pelo livro encantado, mas, novamente, só encontrei o seguinte aviso: "Nenhum resultado para sua pesquisa por…". Peguei um ônibus perto de casa, desci na Teodoro Sampaio e andei até a praça Benedito Calixto, onde fica o sebo do Alberico. Enquanto eu fuçava nas estantes, o André, o gerente, veio conversar comigo:

— Tudo bem, Heitor? Procurando algum livro?

— Sim, tô procurando um do Jorge Miguel Marinho que se chama *Te dou a lua amanhã*. Vi na internet que vocês têm ele aqui.

— Qual é o gênero?

— Romance juvenil. Acho que é bem bacana! Pra escrever a biografia do Mário de Andrade, o autor cria uma fantasia com o escritor e os personagens.

O André foi para um canto da loja, onde ficavam os livros juvenis, e o Adriano, que ouviu nossa conversa, veio oferecer ajuda. Ele vasculhou uma pilha que estava embaixo das estantes e encontrou o que eu procurava:

— Tá aqui! Tá aqui! — gritou, ainda agachado, enquanto sacudia o livro no ar para mostrar a capa.

Agradeci e aproveitei para repassar algumas dicas que tinha aprendido com o Rutonio sobre como procurar livros nas estantes — inclusive a do dedo indicador escaneando lombada por lombada. O Adriano parecia interessado. Depois, enquanto eu folheava o livro, mudou de expressão e disse, consternado:

— Soube que o autor morreu.

— Sim. O Jorge Miguel era meu amigo, ainda estou muito triste.

— Sinto muito! Queria ler um livro dele. Você tem alguma sugestão?

— Tenho, sim. Começa pelo *Lis no peito: um livro que pede perdão*. É uma homenagem à Clarice Lispector.

— Belo título! Adoro a Clarice!

— Então você vai adorar esse livro.

Quando meu avô morreu, minha mãe disse que há várias formas de vivenciar o luto. Naquela época, conversamos muito, e compartilhar nossas dores e lembranças nos ajudou a lidar com a perda. Hoje descobri um jeito de trabalhar meu luto pela morte do Jorge Miguel; sempre que tiver oportunidade, vou falar da obra e divulgar os livros dele. Enquanto conversava com o Adriano, o Alberico apareceu e pediu para ver o livro do Jorge. Além de livreiro, o Alberico Rodrigues é professor e escritor.

— Grande escritor, vai fazer falta!

— Muita falta — respondi.

— Ele era meu amigo, morava no bairro e sempre vinha aqui na livraria. Tenho guardado, com muito carinho, um comentário que ele fez de um livro que escrevi. E você, Heitor, quando vai escrever outro livro?

— Estou escrevendo.

— É mesmo?! E qual é o tema?

— Pretendo contar a história de um livro perdido que começamos a perseguir.

— Então será uma aventura?

— Também... Sobre esse assunto, aliás, precisava de informações do cadastro daqui.

— Fala com o André... André, chega aqui, por favor. O Heitor quer fazer umas perguntas pra você.

O André me explicou que todos os livros do sebo estão cadastrados na internet e, assim que um livro é vendido, ele próprio o tira do catálogo. Perguntei se os livros vendidos ficam em algum outro cadastro. Ele disse que sim, que o livro sai da internet, mas fica no registro interno do sebo.

E, para não deixar nenhuma dúvida, ainda fiz outra pergunta:

— E se, por acaso, o sebo teve um único exemplar de determinado livro que já foi vendido, é possível encontrá-lo no cadastro interno?

— Sim, todos os livros que já passaram por aqui, mesmo que com um único exemplar, estão nesse cadastro.

— E todos os sebos são assim?

— Isso eu não sei — ele respondeu.

Mesmo assim, senti que não seria fácil encontrar o livro encantado. Quando já estava me despedindo, apareceu o Touchê.

— O que você tá fazendo aqui? — perguntei.

— Vim procurar um livro, quer dizer, dois: um de poesia, o

Cutuca meu bem cutuca, da Marise Pacheco; e outro de frases, o *Ouvindo de passagem*, da Bia Meirelles e do Carlos Takaoka.

O Adriano, que estava ao lado, anotou os títulos e foi procurar os livros nas estantes.

— São livros do começo dos anos oitenta. Esses autores fizeram parte de um grupo que se chamava Sanguinovo.

— Que legal essa sua ideia de pesquisar uma época! Minhas leituras são tão desorganizadas…

— Li histórias na internet e me deu vontade de ter vivido aquela época. Sei lá, saudades de um tempo que não vivi… Você já sentiu isso?

— Já, e sei muito bem como é. Às vezes, meus pais me contam histórias do tempo em que eram jovens e eu também fico assim.

O Adriano encontrou os livros do Touchê e trouxe para ele, que folheou e comentou que um deles tinha sido publicado pela editora do grupo, a Edições Sanguinovo, que era uma editora independente, e o outro, pelo Massao Ohno. Eu falei que já tinha lido alguma coisa sobre aquele editor; o Touchê disse que ele foi muito importante, o principal editor independente da época; o Adriano contou que assistiu a um documentário sobre ele. E a nossa conversa foi ficando bem animada, mas já era tarde e eu tinha que voltar pra casa.

Na despedida, ganhei de presente *O alfarrabista e o psicanalista*, livro que o Alberico tinha acabado de lançar. Quando saímos da livraria, o Touchê falou das inscrições das chapas e de um debate que ia acontecer na escola; a minha preocupação era que deveríamos acelerar a visita aos sebos do Rio. Depois ele tomou o ônibus na Teodoro Sampaio e eu, na Cardeal Arcoverde. Desci na minha rua e fui me encontrar com o Lipe. Além de falar de tudo que rolou no sebo e de que não seria fácil encontrar o livro encantado, avisei que a gente precisava marcar uma reunião. Combinamos de nos reunir às quatro, na casa da Kátia, e o Lipe mandou a convocatória no grupo.

Capítulo 11

UM CONVITE IRRECUSÁVEL

Cheguei na escola e, no caminho para a sala, encontrei a Lia. Ela falou que ia se atrasar para a reunião, mas que, antes, precisava conversar comigo. Assisti às duas primeiras aulas só pensando no que ela teria para me falar e, assim que bateu o sinal, desci correndo para o pátio. Ela já estava me esperando.

— Vamos direto ao assunto, pois não temos muito tempo: como estão seus planos de voltar ao Rio?

— Estão no zero, por enquanto. Até fui ao sebo de Pinheiros pra saber como funcionam os cadastros…

— E o que descobriu?

— Descobri que não vai ser fácil achar o livro encantado. Procurei na internet e não encontrei nada. O livro nunca esteve em sebo algum ou, se esteve, a essa hora alguém já o comprou e levou embora.

— Prefiro trabalhar com a segunda hipótese. Se passou por algum sebo, pode ter deixado rastros.

— Você tá falando como uma perfeita investigadora — eu disse, rindo e concordando com ela. — Essa é a minha única esperança.

— Então temos que visitar os sebos do Rio urgentemente.

— Como? Minha mãe prometeu me levar, mas isso vai demorar.

— Na semana que vem minha mãe vai pra lá, é aniversário de uma amiga dela. Vai na sexta e volta no domingo. E eu vou com ela!

— Que maravilha! Vou passar os endereços pra você e esse problema tá resolvido!

— Resolvido, nada. O que eu vou perguntar?

— Segue os rastros e solta a detetive que existe dentro de você! Brincadeira, a gente conversa e combina direitinho, fica tranquila.

— Fico insegura… Por que você não vai comigo?

— Como assim? E a sua mãe?

— Ela também vai, né!

— Eu sei… mas ela concorda com isso? Você já pediu pra ela?

— Já pedi e ela concordou!

— E onde eu vou ficar? Vou ter que dormir lá…

— A aniversariante reservou um hotel pra acomodar as amigas e os filhos.

— Mas eu não sou filho da sua mãe.

— Ainda bem! Minha mãe já conversou com a amiga e tá tudo certo, só falta você topar.

— Preciso falar com meus pais. Como a gente vai? Eles vão querer saber.

— Vamos de carro, minha mãe gosta de dirigir na estrada.

Antes de voltar pra aula, mandei mensagem para a minha mãe, iniciando a conversa, mas ela não respondeu. Acho que fiz mal!

Capítulo 12

SEREMOS RESISTÊNCIA

Adoro quando minha mãe almoça em casa porque sempre tem comida gostosa. Naquele dia era peixe. Quando cheguei da escola, ela tinha acabado de colocar a mesa.

— Não entendi a mensagem que você me mandou... Pra onde você pretende viajar, posso saber?

— A Lia vai viajar com a mãe dela e me convidou.

— Isso você já disse na mensagem.

— Uma amiga da mãe dela faz aniversário e vai comemorar com as amigas.

— E você, por acaso, é amigo da aniversariante?

— Não, mas pode levar os filhos.

— E você é filho da mãe da Lia? Não sabia.

— Já vem você com suas ironias... A Lia já falou com a mãe dela e eu posso ir. A amiga da mãe da Lia alugou quartos num hotel pra acomodar todo mundo.

— E onde vai ser essa comemoração? É fora de São Paulo, eu presumo.

— No Rio de Janeiro.

— Rio de Janeiro?! — ela repetiu assustada, largando os talheres no prato. — Você deve estar brincando...

— Não é brincadeira, não, mãe. Você sabe que eu preciso ir pro Rio!

— Eu sei, mas...

— Não posso desperdiçar essa oportunidade. Depois, você mesma disse que o Rio de Janeiro não é tão longe assim.

— Mas não pra ir sozinho.

— Eu não vou sozinho, vou com a Lia e a mãe dela!

— Preciso pensar. Vou conversar com seu pai e ligar pra mãe da Lia.

— Sem querer pressionar... hoje, às quatro horas, temos reunião e a visita aos sebos do Rio vai ser ponto de pauta.

— Então você põe a sua viagem na pauta da reunião sem me consultar...

— Não é a minha viagem que está na pauta, é a visita aos sebos, mãe. Se eu não for, a Lia vai fazer as visitas. Mas ela tá insegura e quer minha companhia.

— Já disse, vou falar com seu pai e ligar pra mãe da Lia.

Quando terminamos de almoçar, minha mãe foi se arrumar pra sair. Depois, fez três ligações — nenhuma para a mãe da Lia — e algumas anotações em sua agenda.

— Tchau, filho. Se cuida — ela disse me beijando. — Não volto tarde. Boa reunião pra vocês!

— Mãe, só me diz mais uma coisa: a que horas você pretende ligar?

— Sossega o facho! Quando ligar eu aviso.

Aproveitei que ainda tinha um tempo livre antes de sair e peguei o livro do Jorge Miguel Marinho que tinha sido adotado pela escola. Não gosto de ler mais de um livro ao mesmo tempo, mas às vezes não tem jeito — naquele dia deixei o Murakami de lado. Escolhi um conto ao acaso e li "A libertinagem das mães". É uma história bem engraçada! A personagem tenta contar para a mãe que foi reprovada em Física, mas um mal-entendido a faz pensar que a menina está grávida. Então, tentando mostrar cumplicidade, a mãe revela à filha intimidades de seu passado amoroso. Quando acabei de ler, saí para a rua e vi o Lipe no portão da casa dele.

— Não tá fácil... — comecei a ensaiar um jeito de falar do convite da Lia enquanto íamos juntos pra reunião.

— O que tá pegando, a situação política do país? — ele arriscou, com ironia.

— Também, mas contra essa não temos muito o que fazer. No máximo, concorrer ao grêmio e ser resistência lá na escola.

— É isso aí, seremos resistência! — ele concordou, levantando o braço esquerdo com o punho fechado.

— Taí um bom nome pra nossa chapa: "Seremos Resistência!" — eu disse.

— Apoiado! Vamos levar pra reunião. Mas se não é a situação política, o que de pior pode estar acontecendo? Empacou no livro de novo?

— Não exatamente, mas tem a ver com isso… A Lia me convidou pra ir pro Rio com a mãe dela e vamos aproveitar pra visitar os sebos de lá.

— Da hora, Le! — o Lipe comentou. Em seguida, com a mesma mão que saudou a nossa luta, ele me segurou pelo braço, arregalou os olhos e me intimou:

— Não vai me perder a sua grande chance de pegar a Lia!

— Não quero pegar a Lia, Lipe, eu quero namorar com ela.

— Dá na mesma.

— Dá nada; pegar é uma coisa, namorar é outra.

— Tá bom, então aproveita o clima carioca e começa a namorar a Lia.

— Eu falei com ela outro dia… Quer dizer, acho que falei. Ela me pediu um tempo pra pensar. Não quero pressionar…

— Sério?! Você pediu a Lia em namoro, finalmente?

— Mais ou menos.

— E não me falou nada!

— Não foi exatamente um pedido… Mas o pior é que eu ainda não tenho certeza se vou pro Rio. Pedi pra minha mãe e ela ainda não respondeu.

— Ela nem é louca de não deixar!

— Pois é — concordei, rindo de nervoso. — Tem também a visita aos sebos. Estou preocupado; será que vamos conseguir alguma pista?

— Não se preocupa com o livro do seu Fernando, ele é só mais um detalhe. Foca na Lia!

— O livro é o fio condutor, Lipe. Sem o livro, não temos uma história!

— Eu entendo, mas tenho certeza de que você vai saber o que fazer nos sebos do Rio. Agora, quanto ao que fazer com a Lia, não tenho tanta certeza — ele comentou, rindo da minha cara.

Capítulo 13

A VIAGEM COM A LIA

Quase toda a turma já estava na casa da Kátia, só faltava a Lia. Enquanto aguardávamos, enviei mensagem para a minha mãe e perguntei de novo se ela tinha falado com a mãe da Lia. Se não tivesse, tudo bem, era só para saber, achei melhor acrescentar. Ela respondeu dizendo que ligaria à noite, mas que já tinha conversado com meu pai e que ele não se opunha. Respondi com um emoji de joinha e um de beijo de coração e me juntei ao grupo. Às quatro e meia, a Lia chegou, e o Lipe abriu os trabalhos:

— Bem, como todos já devem saber, temos assuntos importantes na reunião de hoje. Começaremos pela formação e inscrição da chapa. Vou passar a palavra pro Touchê, mas, antes, quero fazer uma consulta. Temos que dar um nome pra nossa chapa. Alguém tem alguma sugestão?

— ...

— Já que ninguém se manifestou, o Le e eu temos uma: "Seremos Resistência!".

O nome foi aprovado por unanimidade.

— Agora a palavra é sua, Touchê. Conta pra gente o que você descobriu.

— Precisamos nos apressar, pois as inscrições terminam na próxima semana. Depois, vai ter um debate na quinta da outra semana e as chapas têm que apresentar suas propostas. São dez cargos por chapa — disse o Touchê, abrindo o livrinho do regulamento. Em seguida, ele listou os cargos e explicou suas principais funções.

— O Lipe tem perfil de secretário-geral — disse o Plínio, abrindo a sessão de palpites.

— A Lia daria uma boa diretora de causas sociais — sugeriu a Kátia.

— Tudo bem, tudo bem, eu aceito, desde que o Le seja o nosso presidente — respondeu a Lia. Nessa hora, ela sorriu e deu uma piscada pra mim. A galera, claro, começou a me zoar. Sem jeito, fiz cara de sério e tentei retomar a reunião:

— Silêncio, por favor... Alguém mais se candidata a um desses cargos?

— Eu gostaria de ser o diretor de imprensa — o Touchê se antecipou.

— Também quero ser o diretor de imprensa — disse o Plínio.

Nessa hora, percebi que já tinha tomado o lugar do Lipe, então tentei colocar ordem na distribuição dos cargos:

— Na prática, sabemos que a nossa atuação se dará em diversas áreas. A definição do cargo não vai prender a pessoa à área escolhida; ela pode ajudar os colegas conforme sua afinidade e disponibilidade. Por exemplo, o Touchê e o Plínio podem tocar o setor de imprensa juntos, independente de quem seja o diretor. De acordo?

— De acordo! — a plenária respondeu em coro.

— Agora vamos resolver logo a composição, pois ainda temos outras questões pra encaminhar — me intrometi na coordenação do Lipe. — Precisamos preparar um texto com as nossas propostas e dizer o que pretendemos fazer se ganharmos a eleição. Eu me comprometo a escrever um primeiro rascunho. De acordo?

— De acordo, meu presidente — respondeu o Pessoa, com sua voz de locutor de rádio de antigamente. Os outros riram, repetindo o bordão.

Depois de um breve debate, arredondamos as propostas e fechamos a composição da chapa, que ficou assim: presidente, Heitor; vice-presidente, Antonio Carlos; secretário-geral, Felipe; tesoureira, Kátia; diretora social, Lilian; diretora de causas sociais, Lia; diretor de imprensa, Plínio; diretor cultural, Paulo; diretor de esportes, Marcos; conselheiro fiscal, Pessoa. Em seguida, devolvi a coordenação ao Lipe, que lembrou que a gente não tinha conversado sobre as visitas aos sebos do Rio. Ele fingiu que não sabia de nada e me perguntou se tinha alguma novidade. Olhei para a Lia e pedi que ela falasse.

— Pessoal, eu vou pro Rio de Janeiro com a minha mãe. Vamos passar o fim de semana lá. Falei com o Le e ele quis me dar os endereços, mas eu não quero fazer isso sozinha; então expliquei a situação pra minha mãe e perguntei se ele poderia viajar com a gente e ela concordou! Se tudo der certo, eu e o Le vamos visitar os sebos do Rio.

— Por que "se tudo der certo"? — a Lilian perguntou. — O que poderia dar errado?

— Minha mãe ainda não deixou. — respondi.

— Se ela não deixar, vai atrapalhar a história do seu livro.

— Boa, Paulo, vou incluir isso na minha campanha de convencimento.

— Se você quiser, a gente faz uma faixa, tipo, "DEIXA O LE IR!", e vai pra frente da sua casa.

— Acho que não vai precisar, Pessoa, mas agradeço.

Fiquei de dar o retorno para eles assim que tivesse uma resposta da minha mãe. Antes de nos despedirmos, o Marcos mostrou os desenhos que tinha feito da reunião.

Voltei para casa e li outro conto do livro do Jorge Miguel Marinho. Escolhi "O umbigo de Isaura", que conta a vida de uma menina que mentia e inventava histórias para suportar a realidade, até conhecer Pedro, seu vizinho. Eles moravam no mesmo prédio, ele no apartamento 101 e ela em outro andar. Pedro era cego e a amizade dos dois fez com que a Isaura enxergasse a vida por outra perspectiva.

Estava terminando de ler o conto quando minha mãe entrou no quarto e disse que ia esperar o meu pai para servir o jantar. Antes de sair, ela me avisou que ia ligar para a mãe da Lia e foi para o quarto dela. Não perdi tempo: sentei no chão do corredor e comecei a ouvir a conversa. A Lia estava on-line.

> Minha mãe tá conversando com a sua pelo telefone

> Tô ouvindo, já ia mandar msg pra vc tb

> Vamos ouvir o que elas falam

> "Não quero que meu filho dê trabalho pra você..."

> "Que nada! O Le é um menino muito educado, vai ser um prazer ter a companhia dele na viagem."

> "Mesmo assim, fico preocupada. Se tiver qualquer problema por lá, me fala."

"Fica tranquila, qualquer coisa eu aviso. A Lia gosta muito do seu filho e ficou feliz quando eu disse que ele podia ir com a gente."

"O Heitor também gosta muito da sua filha e vai ficar feliz quando souber que pode viajar com vocês!"

Nesse momento, a Lia me mandou um GIF de uma menina dando pulos de alegria. Como não tinha nenhum GIF à mão, acabei enviando corações de várias cores. Já ia guardando o celular quando soou uma notificação: era o Lipe, no grupo da turma, mandando o relatório da reunião. Aproveitei pra dar a notícia quentinha: "Uhu, também vou pro Rio!"

Capítulo 14
OS SEBOS DO RIO

Os dias que antecederam a viagem foram bem corridos. Para começar, nós estudamos o regulamento da eleição e fizemos a inscrição da chapa: juntamos os papéis, levamos tudo à secretaria e saímos com o registro carimbado. Eu escrevi a primeira versão do texto da campanha e incluí as sugestões do grupo. Também terminei de ler os livros do Jorge Miguel Marinho — ainda estava lendo o *Kafka à beira-mar*, que levaria na viagem. Em relação ao livro encantado, montei o roteiro dos sebos do Rio e pedi ao meu pai que combinasse minha visita ao seu Fernando — ele marcou para o domingo, às dez da manhã, e pediu que eu não me atrasasse. Recebi diversas recomendações da turma, inclusive uma do Paulo, que pedia que eu levasse um contrato e perguntasse ao seu Fernando se haveria recompensa.

— Sua história vai ficar bem mais animada se tiver recompensa, pode acreditar! — ele justificou.

A semana foi tão movimentada que eu nem senti o tempo passar. Na manhã da sexta-feira, dia da viagem, a Lia e a mãe dela foram me pegar em casa.

Cumprimentei as duas, guardei minha bagagem, me sentei no banco de trás.

"Tudo pronto. Vamos pegar a avenida Nove de Julho... **Em cem metros, vire à esquerda na rua Iguatemi..."**

Seguimos em silêncio, ouvindo as orientações do aplicativo. Atravessamos o centro em direção à região norte e pegamos a rodovia Presidente Dutra. Assim que entramos na estrada, a mãe da Lia desligou o aplicativo, pôs uma música e, me olhando pelo retrovisor, quebrou o gelo, finalmente:

— Interessante esse seu Fernando!

— Também acho! Ele é muito legal, e essa história de emprestar o livro e correr atrás do autógrafo é muito boa!

— Só achei estranho um intelectual como ele ter superstições...

E o papo seguiu, sem pressa, com muitos intervalos em silêncio. Uma hora a mãe da Lia me perguntou o que eu pretendia estudar na faculdade:

— Sei que é muito cedo, vocês têm o Ensino Médio inteiro pela frente, mas não custa nada ir pensando.

Eu disse que não sabia ainda.

— Gosto de escrever e ler, adoro literatura, talvez faça Letras ou Jornalismo. — Ela sorriu pra mim, sempre pelo retrovisor, e disse que a Lia também gostava de Literatura. — Eu sei — respondi — por isso que gosto tanto dela.

— Só por isso?! — a Lia se intrometeu, fingindo indignação.

— Por isso e por muitas outras coisas. — E lhe dei um sorriso sedutor, discreto, para a mãe dela não desconfiar de nada, e acho que não desconfiou, pois continuou, sem pestanejar.

— Já a Lia diz que pretende fazer Serviço Social — contou, como se não concordasse muito com a escolha da filha.

— Eu sei — eu disse, olhando para a Lia. — Você e a Lívia, lembra?

— Claro que me lembro, a Lívia sempre quis fazer Serviço Social, acho que é a mais combativa da turma. — A Lívia é nossa amiga, participou da história do livro anterior. Depois seus pais foram trabalhar no Rio de Janeiro e ela se mudou pra lá.

— Você tem o telefone dela, Le?

— Tenho! Às vezes converso com ela, dou notícias da turma. Ela até já sabe do seu Fernando!

— E ela sabe que estamos indo pro Rio?

— Não, na correria, esqueci de avisar.

— Vamos mandar mensagem e chamar ela pra visitar os sebos com a gente?

— Ótima ideia!

Ao longo da viagem, também conversamos sobre os assuntos da escola. Eu falei da fama da nova diretora e contei à mãe da Lia que estávamos montando uma chapa.

— Já querem organizar a oposição à diretora? — ela adivinhou.

— Não podemos perder tempo — respondi sorrindo.

Mais tarde, nossa motorista mudou de assunto:

— A Lia me disse que você está escrevendo outro livro?

— Estou tentando.

— E é sobre o quê, posso saber?

— Pretendo contar essa história do seu Fernando.

— Essa história é maravilhosa, dá um livro com certeza.

— Também quero falar das histórias da escola, da nova diretora, do grêmio e do que a gente pretende fazer se ganhar a eleição.

— Então vai ter política, como no primeiro livro?

— Depende de como a Cidinha se comportar.

— Quem é Cidinha?

— A nova diretora, a professora Maria Aparecida.

Nossa viagem foi agradável e divertida; nos momentos de silêncio, eu ficava observando a paisagem em torno da estrada e anotando os nomes de algumas das cidades pelas quais passamos: Santa Isabel, Jacareí, São José dos Campos, Caçapava, Taubaté, Pindamonhangaba... Em Queluz paramos para tomar um lanche e esticar as pernas. Depois passamos pela Baixada Fluminense e caímos na Avenida Brasil, até finalmente chegarmos ao Rio de Janeiro.

Fomos direto ao hotel, no bairro das Laranjeiras. No quarto, mandei mensagem para a Lívia, que topou visitar os sebos com a gente. Ela disse que conhecia um muito bom, no centro, mas que só poderia ir à tarde. Combinamos de nos encontrar às duas horas.

Havia mais de vinte pessoas hospedadas no hotel, quase todas convidadas da aniversariante. Fiquei num quarto com outros dois meninos; a Lia dormiu com a mãe. Naquela noite, fomos jantar no Nova Capela, um restaurante bem badalado na Lapa. No sábado, haveria mais comemorações, mas a Lia tinha conversado com a mãe e conseguido um dia livre para a gente. Já passava da meia-noite quando saímos do restaurante. Chegando no hotel, combinei de encontrar a Lia às nove, no saguão, para tomar o café da manhã.

No sábado acordei às sete e meia. Meus colegas de quarto ainda dormiam quando levantei em silêncio, tomei um banho, me troquei e saí. Aproveitei o tempo livre para revisar o roteiro. Visitaríamos três sebos na Zona Sul e três no centro, além daquele em que a Lívia nos levaria. Por sorte, todos ficavam perto de alguma estação de metrô.

A Lia apareceu no saguão com cara de sono, me deu um bom-dia rouco e um beijo no rosto. Ameacei de contar dos planos que tinha para aquela manhã, mas ela franziu o cenho e fez um sinal com a mão espalmada, pedindo para eu ir devagar porque ela ainda estava acordando. Obedeci e tomamos o café da manhã em silêncio, com apenas algumas observações — "esse bolo está uma delícia!", "e esse pão, então!" — e confesso que foi bem melhor tomar nosso primeiro café da manhã assim, do jeito que a Lia queria.

Depois que ela se recuperou, iniciamos nossa caça ao livro encantado. Caminhamos até a estação Flamengo, pegamos a linha 1 do metrô, descemos na estação seguinte, a Botafogo, saímos na rua Dezenove de Fevereiro, pegamos a Professor Álvaro Rodrigues e chegamos à rua Paulino Fernandes e ao nosso primeiro destino.

Antes de conversar com o vendedor, fuçamos as estantes. Havia de tudo: literatura brasileira, literatura estrangeira, filosofia, artes, direito, história, psicologia... Eu estava tão ansioso que não consegui gravar um título sequer; então dei um toque na Lia e fomos conversar com o livreiro, o Maurício. Ele nos contou que a sua loja não vende pela internet; na verdade, é um espaço cultural:

— As pessoas vêm aqui pra conversar, ouvir música... e, se quiserem, também podem comprar nossos livros.

Contamos que frequentávamos os sebos de São Paulo e, passeando pelo Rio, resolvemos conhecer alguns dos sebos de lá.

— Conheço alguns sebos de São Paulo! — ele disse. — O do Messias, da praça João Mendes, é o melhor! Conhecem?

Nós dissemos que não, ele ficou espantado:

— Paulistanos que gostam de sebo e não conhecem o Messias? Não acredito!

O papo seguiu como se fôssemos velhos amigos. Depois de quase meia hora, ele nos perguntou se procurávamos algum livro específico.

Como já tinha combinado com a Lia o que faríamos, contei parte da história, tirei o bilhete do bolso e expliquei ao Maurício a recomendação do seu Fernando. Ele estranhou, mas resolvi arriscar e lhe entreguei o papel.

— Você já viu esse livro por aqui?

— Que eu me lembre, não, mas vou conferir nos registros...

— É... esse livro nunca passou por aqui — disse depois de abrir algumas planilhas no computador e folhear um caderno espiral. — Que pena, adoraria ajudá-los.

— Tudo bem, Maurício, você foi muito legal com a gente — disse a Lia, tentando consolar a frustração do livreiro, que só não era maior do que a nossa.

— Obrigado! Você deu mais ânimo pra gente continuar! — acrescentei.

Na saída, ele ainda nos deu uma última recomendação:

— Quando chegarem em São Paulo, não esqueçam de visitar o sebo do Messias!

Próximo destino, Copacabana. Voltamos correndo para a estação Botafogo, pegamos o metrô da linha 1, descemos na Cantagalo, caminhamos por cinco minutos e chegamos. No segundo sebo, também não tivemos sucesso. O Carlos, o vendedor, ficou tão entusiasmado com a nossa história que passou seu contato para mandarmos notícias. Ele também pegou o meu número, caso tivesse alguma informação sobre o livro — cujo título ele disse ter memorizado.

Partimos para o próximo. Voltamos para Cantagalo, pegamos

o metrô sentido Ipanema, descemos na General Osório, chegamos ao terceiro sebo e fomos direto conversar com o livreiro. Explicamos a situação e lhe mostramos o bilhete, que ele, meio a contragosto, concordou em ler em silêncio.

— É cada uma que me aparece! — comentou antes de ir para o fundo da loja, conferir seus registros. Minutos depois, ele voltou com a informação de que o livro nunca estivera por lá. — Deve ter se encantado por outras bandas.

Nós rimos. Apesar do mau humor, ele parecia ser gente boa.

Cumpridas as tarefas na Zona Sul, achei que merecíamos uma pausa para relaxar e contemplar a Cidade Maravilhosa antes de nos dirigirmos aos sebos do centro. Convidei a Lia para tomar uma água de coco no calçadão de Ipanema. Sentados no quiosque, de frente para o mar, pensei em aproveitar o clima romântico e retomar aquele velho assunto: me declarar para ela sem meias-palavras. Fiquei olhando o mar e imaginando como poderia desenrolar tudo isso, mas o movimento das ondas foi me distraindo, o tempo foi passando... e acabei deixando pra lá. No fim, achei que foi melhor assim. Ficar um tempo na companhia da Lia, sem precisar dizer nada, me fez gostar ainda mais dela, e o sorriso que ela me deu quando perguntei se podíamos ir me fez acreditar que ela também estava gostando um pouquinho mais de mim.

Perguntei a ela se estava com fome e combinamos de tomar um lanche no centro. Pegamos o caminho de volta para a estação General Osório e, depois de nove estações de metrô, chegamos à Cinelândia. Encontramos uma casa de sucos, daquelas com um monte de frutas expostas acima do balcão, e pedimos sanduíches e sucos: goiaba para mim e melancia para ela.

— Não quer mandar uma mensagem pra Lívia? — a Lia propôs enquanto esperávamos nossos pedidos. — Onde será que ela tá?

Ela estava a caminho e pediu para a gente esperar na lanchonete.

Capítulo 15

A PRIMEIRA PISTA

Foi a maior alegria quando encontramos a Lívia. Ela quis saber das novidades e nós lhe contamos tudo, inclusive as fofocas da escola. Depois, ela falou do Rio de Janeiro e de como adorava morar na cidade, apesar de não gostar muito de praia.

— O melhor do Rio são *ox cariocax* — disse rindo e forçando o sotaque. — Agora vamos pedir os sucos... Quero um de... — olhou o cardápio fixado na parede — deixa eu ver... uva com kiwi e hortelã.

A Lia pediu de amora com limão e eu continuei na goiaba.

— De novo goiaba, Le? — a Lia comentou, surpresa.

— O de goiaba tá tão bom, não quero arriscar.

— Típico conservador! — a Lívia já me rotulou, rindo junto com a Lia.

— Engraçadas vocês! Só porque tomo dois sucos de goiaba, sou conservador?

— Não é pela goiaba, meu caro, é por você não querer se arriscar — disse a Lívia, me deixando envergonhado.

Para mudar logo de assunto, concordei com a interpretação das duas e prometi me arriscar mais.

— Qual é o endereço do sebo onde você vai levar a gente, Lívia? Quero saber se é algum desses — perguntei, passando a lista para ela.

— Não, o meu é outro, fica na rua Luís de Camões. Sugestivo, o endereço, não acham? E como vocês estão fazendo pra perguntar sobre o livro?

— Mostramos o bilhete do seu Fernando — respondi, tirando-o do bolso.

— Finalmente! — a Lívia exclamou.

Antes de entregá-lo, repeti a recomendação.

— Eu sei, eu sei… — ela resmungou impaciente, quase arrancando o bilhete da minha mão. — Já li outro livro desse escritor e gostei muito!

— Bem, vamos voltar ao trabalho — propus. — Qual sebo vamos visitar primeiro?

— O meu! Algo me diz que o livro está lá.

— Vamos nessa! Precisa pegar condução?

— Não, são só uns 15 minutos de caminhada.

Antes de sair, fizemos uma *selfie* para mandar para o grupo e, com as energias renovadas, apesar do segundo suco, sinceramente, não ter me caído muito bem, seguimos. Pegamos a avenida Rio Branco e, no caminho, fomos contando para a Lívia como tinham sido as visitas da manhã.

O sebo tinha três lojas cheias de livros. Mas, apesar da tentação, pedi à Lívia que fôssemos direto conversar com algum vendedor.

— Tudo bem, então vou procurar o Lucas — ela disse antes de sair correndo e entrar em uma das lojas. A Lia e eu seguimos atrás; quando a alcançamos, ela já tinha encontrado o amigo e explicava o nosso caso.

— Entendeu, Lucas? Você não pode pronunciar o nome do livro.

— *Valheu, valheu*…

— Esse é o Lucas, que vai ajudar a gente a encontrar o livro perdido. E esses são meus amigos de São Paulo, a Lia e o Heitor. Pode mostrar o bilhete que ele já sabe o que fazer, Le.

Ele leu em silêncio. Depois disse que nunca tinha visto aquele livro e quis saber onde ele tinha sido perdido.

— No metrô. A gente acha que quem o encontrou pode ter vendido pra um sebo.

— Difícil! Nosso sebo só compra livros em grande quantidade, nunca vi alguém chegar aqui vendendo um único exemplar. Mas, pensando bem, vamos conversar com o gerente. Ele e uns amigos formam um clube de leitura e vivem trocando livros. Quem sabe esse livro não apareceu por lá.

Fomos à outra loja, a matriz, que era bem maior, tinha até restaurante. O Lucas nos apresentou ao gerente; falou um pouco da nossa busca, destacando o fato de que o nome do livro não poderia ser pronunciado, e me passou a palavra.

— Acho que o Lucas disse tudo, só peço que o senhor compreenda o pedido de quem o perdeu. Ele acredita que, se for pronunciado, o nome pode trazer azar e, sei lá, espantar o livro.

— Fiquem tranquilos, eu compreendo. Quem lê muita literatura, como eu, não se espanta com quase mais nada neste mundo.

— Vou dizer um clichê — ele falou, depois de expressar certa intimidade com o que acabara de ler —, tenho uma boa e uma má notícia. Qual delas vocês querem ouvir primeiro? — Olhei para as minhas amigas, que sempre fazem escolhas melhores do que as minhas.

— O senhor é quem sabe — a Lia respondeu. — Pela boa?

— Já sei, vou seguir a ordem cronológica e começar do início.

Nessa hora percebi que a Lívia tinha nos levado ao lugar certo e, feliz, agradeci com um abraço.

— Estou vendo o quanto esse livro é importante pra vocês, então vou contar a história com muito cuidado, procurando ser fiel aos fatos. Peço que ouçam, com paciência, até o final, para não criarem falsas expectativas.

— Vai começar pela notícia boa, então? — perguntei.

— Sim, a notícia boa está no início: esse livro já esteve aqui!

— Não está mais? — perguntei, já um pouco aflito.

— Pedi que ouvissem, com paciência, até o final.

— Desculpa!

— O Francisco, nosso amigo do clube de leitura… Não sei se o Lucas contou pra vocês que temos um clube de leitura aqui na livraria?

Respondi que sim, apenas mexendo, a cabeça, e ele continuou:

— Pois é, um dia ele me apareceu aqui com esse livro, disse que o encontrou jogado em um canto da estação Glória. Pensou que fosse parte dessas campanhas de deixar livros em lugar público. Sabem de que campanha estou falando, não sabem?

Balançamos as cabeças, afirmativamente, e ele prosseguiu:

— Meu amigo pensou melhor e concluiu que não se tratava de campanha nenhuma, pois o livro estava perto da lixeira e longe dos bancos, onde eles costumam ficar. Então, resolveu levá-lo. Dias depois, veio aqui com o livro lido e me contando essa história. Agora vou passar para a segunda parte…

— A parte ruim?

— Nem tanto… O Francisco me contou que ficou muito impressionado com o livro, com as anotações no texto, a dedicatória do autógrafo, e concluiu: "Esse livro precisa circular; ele próprio está pedindo isso". Ele me sugeriu que o enviasse para longe, de preferência para um leitor de outro país. Fiquei curioso, mas nem tive tempo de ler. Já no dia seguinte, apareceu o Bob, um inglês que anda pelos sebos aqui do centro, traz alguns livros lidos e leva outros, sempre na base da troca. Ele estava de viagem marcada para aquela semana, voltaria para a Inglaterra. O Bob trabalha no Rio e em Londres, mas não sei direito o que ele faz. Só conversamos sobre literatura. Contei a ele a história do Francisco e lhe mostrei o livro; ele gostou, quis ler e o levou na viagem. A essa altura, o livro que vocês procuram deve estar em algum sebo de Londres, na Charing Cross Road, por exemplo.

— Charing Cross Road, onde é isso?

— É uma rua de Londres cheia de sebos, onde o Bob faz suas trocas. Sei que ele também frequenta outros sebos em Southbank Centre. O que acharam da história?

— Péssima — respondi.

— Não acho que seja péssima. Vocês chegaram aqui sem nada e vão sair com uma pista. Penso que foi um avanço.

— Ele tem razão, Le, pelo menos já sabemos pra onde foi o livro.

— Sim, foi pra bem longe! E o que a gente vai fazer agora?

— Vamos pensar — disse a Lia. — Mas acho que, com essa informação, entramos numa nova fase.

— A fase londrina?! — perguntei.

— E por que não?

Capítulo 16

A HISTÓRIA DO SEU FERNANDO

No domingo de manhã, antes de ir para a casa do seu Fernando, tomei o café com Lia outra vez. Nós conversamos, trocamos mensagens com o grupo, contamos da pista e saímos — a Lívia tinha outro compromisso e não pôde ir com a gente. Pegamos o metrô para Ipanema, descemos na General Osório e caminhamos até o prédio do seu Fernando, na Vieira Souto.

— Pontuais! — ele comentou, nos recebendo no hall de entrada com a porta do apartamento aberta.

— Meu pai fez questão de que não me atrasasse.

— E como está o seu pai? Gostei muito da matéria; ele aproveitou a entrevista para fazer um panorama da literatura contemporânea…

— Ficou boa, né? Também gostei.

— E você, Heitor, não vai escrever outro livro? Li o primeiro e achei muito bom. Genial essa sua ideia de trazer personagens de outras histórias! Você escreve muito bem, parabéns!

— Obrigado. Que bom que o senhor gostou.

— E quando teremos o segundo?

— Estou escrevendo…

— Que bom! E é sobre o quê?

— Vou contar as histórias da turma da escola. Nós vamos concorrer à eleição do grêmio, mas também quero falar da caça a esse seu livro. Até já montamos uma equipe de investigação…

— Caça ao meu livro, equipe de investigação… Muito bem! E é grande essa sua equipe?

— Somos dez, mais a Lívia, nossa amiga que mora aqui no Rio.

— E eu, também serei personagem?

— Sim, um dos principais! O senhor vai ver… Espero que goste!

— Já estou gostando… Quem é a moça? — ele perguntou, apontando para a Lia.

— Desculpa… fiquei atrapalhado e me esqueci de apresentar. Essa é a Lia. Lia, esse é o seu Fernando.

— Agora me contem, por favor! Já encontraram o livro?

— Ainda não, mas temos uma pista.

— Que maravilha! E que pista é essa?

— Antes de contar, queria te mostrar outro livro — eu disse, tirando o Murakami da mochila. — Quer emprestado?

— *Kafka à beira-mar*, que ótimo! Eu ia mesmo lhe pedir esse livro, mas, como vi que ele tem quase seiscentas páginas, pensei que ainda estivesse lendo.

— Terminei ontem à noite. Esse é o tipo de livro que a gente pega e não quer mais largar.

— O Murakami mora no Japão, não é? — o seu Fernando perguntou sorrindo.

— Mora, e ainda por cima é meio recluso e pouco acessível. Mas não é pra isso que estou te emprestando! Só queria que o senhor lesse mesmo.

— Obrigado, vou ler com muito prazer. Mas agora me contem, qual é a pista?

— Vou contar… Nossas investigações no Rio começaram ontem de manhã. Visitamos três sebos aqui da Zona Sul e nada. Daí fomos a outro, no centro.

— Foi a Lívia que levou a gente — a Lia completou, dando o crédito para a nossa amiga.

— Isso! Esse sebo fica na rua Luís de Camões. A gente conversou com o Lucas, um vendedor amigo dela, e mostrou o seu bilhete…

— Que bilhete?

— O bilhete onde o senhor anotou o título e o autor do livro; sempre levo comigo, assim evitamos pronunciar os nomes.

— Fazem muito bem! Assim fico mais tranquilo.

— Pode ficar sossegado! Continuando… o Lucas disse que nunca tinha visto aquele livro e que achava pouco provável que ele tivesse passado por lá, pois o sebo só compra livros em grande quantidade. Mesmo assim, ele nos levou ao gerente, que tem um clube de leitura e vive trocando livros…

— E foi esse gerente quem deu a pista?

— Calma, seu Fernando.

— Você está fazendo muito suspense, Heitor!

— É que o senhor não ouviu o gerente… Ele chegou a dividir a história em duas partes.

— Mas você não vai fazer isso comigo, vai?

— Não, vou ser breve… Mostrei seu bilhete pro gerente e, pra nossa surpresa, ele reconheceu o livro e nos contou que um amigo dele, de nome Francisco, encontrou o livro jogado na estação Glória, perto da lixeira. Ele o levou pra casa, leu, gostou muito e disse que o livro devia circular. Então ele fez o amigo prometer que o mandaria pra bem longe. O gerente ficou curioso, mas nem teve tempo de ler. Do que se trata esse livro, seu Fernando? É isso, mesmo?

— Na verdade, também fiquei com essa impressão, mas precisava devolvê-lo, há anotações importantes da Maria Alice. Nunca imaginei que isso fosse acontecer… Não falei que o livro é encantado? Continuem!

— Agora, vamos pra parte final da história. No dia seguinte, apareceu na livraria um tal de Bob, um inglês que mora em Londres, mas passa umas temporadas no Rio. Foi ele que levou seu livro pra casa. Acontece que o Bob estava de viagem marcada pra Inglaterra naquela semana. Pra resumir, seu livro foi parar em Londres, seu Fernando!

— Hmmm. Mas essa pista está muito solta… Londres é muito grande.

— Espera, falta um último detalhe. O Bob também troca livros em Londres, principalmente na Charing Cross Road. Ele pode ter deixado o seu livro em algum sebo dessa rua.

— Agora, sim, estou começando a ver uma pista. Morei na Inglaterra e frequentei muito a Charing Cross.

— O senhor morou na Inglaterra?!

— Sim, mas faz muito tempo, foi antes da Margaret Thatcher. Estudei em Oxford.

— O senhor estudou na Universidade de Oxford?! — a Lia perguntou entusiasmada.

— Estudei. Fiz graduação aqui, mas o restante da minha formação foi em Oxford.

— Que legal! E o senhor se formou em quê? — perguntei.

— Economia.

— Nada a ver!

— Nada a ver por quê?

— Sei lá, nada a ver com o que a gente imagina do senhor.

— Fui um grande executivo. Essa parte que conhecem de mim é puro deleite.

— Prefiro o deleite!

— Sinceramente? Eu também prefiro!

Rimos. Em seguida, ele deu um suspiro saudoso, falou sobre Oxford e disse que foi na Inglaterra que começaram as suas "manias com livros". Para me ajudar com o meu livro, ele ficou de escrever um texto contando essa história.

— Por que o senhor não faz essa viagem, vai atrás do livro encantado e aproveita pra matar a saudade? Porque acho que a gente não vai conseguir. Até aqui deu pra chegar, mas vai ser muito difícil ir pra Londres, quase impossível. Tem a hospedagem, as passagens e, além disso, os meus pais não iam deixar.

— E a minha mãe, então? Tenho até medo de pedir.

— Pra mim seria muito cansativo, não sei se tenho disposição. Depois, eu estragaria a sua história, Heitor. Como contarias essa aventura sem ter ido até lá?

— Eu sei como resolver! Li um pouco de teoria literária, estudei as múltiplas vozes e acho que posso usar essa técnica. Vamos fazer assim: o senhor vai pra Londres e depois me conta tudo. Eu construo a narrativa em terceira pessoa — o Murakami fez isso no *Kafka à beira-mar*. Ou então coloco o senhor de narrador. Inclusive, acabei de ter uma ideia: vou mudar o narrador de um trecho deste capítulo.

— Vais me colocar de narrador?!

— Sim, só de um trecho. Mas, pra isso, preciso que o senhor me mande o texto que prometeu.

— Vou escrever hoje mesmo e lhe envio sem falta.

No fim do dia, o seu Fernando cumpriu a promessa.

Outro dia, recebi a visita de dois jovens de São Paulo — Lia e Heitor —, que me trouxeram notícias de um livro que perdi. Eles o procuraram por vários sebos do Rio de Janeiro e encontraram uma pista: o livro pode ter sido levado para Londres. Assim que soube dessa possibilidade, me lembrei do tempo em que estudei em Oxford e frequentei os sebos do Reino Unido. Recentemente, li *Todas as almas*, do espanhol Javier María, cuja história se passa naquela cidade. Minhas lembranças reacenderam-se.

Eu morava em Oxford, mas ia com muita frequência a Londres, principalmente aos finais de semana. O passeio que mais me atraía na cidade era a visita aos sebos, o paraíso empoeirado da Inglaterra. Ia à procura de livros esgotados, antigos e raros, uma prática que foi se transformando em mania.

Havia muitos sebos em Londres — livro de segunda mão é tradição por lá —, e seus livreiros viviam viajando; visitavam livrarias antigas de cidades afastadas e casas de campo onde eventualmente tivesse morrido alguma pessoa letrada. Também existiam os peritos, caçadores de joias raras, com ótima visão e memória bibliográfica; conheci um que, por três *pennies*, comprava alguma edição rara, garimpada no meio da bagunça dos caixotes de saldos na Charing Cross, e a vendia por várias libras a algum livreiro refinado da Covent Garden ou da Cecil Court.

Com o tempo, também desenvolvi a técnica para reconhecer joias raras a um golpe de vista, nos labirintos de estantes empoeiradas. Meus dedos ágeis aprenderam a percorrer as lombadas mais rápido que meus próprios olhos. Eu sempre sabia encontrar o que procurava. Às vezes tinha a sensação de que eram os livros que me descobriam. Não sei aonde foram parar todos os livros que colecionei nessa época, provavelmente voltaram ao mundo paciente e calado dos sebos. Espero que o livro encantado tenha feito esse mesmo percurso, que esteja em algum sebo de Londres e que cheguemos a tempo de resgatá-lo. Para mim, ele também é uma joia rara.

— Acho que o senhor devia ir pra Londres, sim! Vou continuar estudando as técnicas narrativas e dar um jeito. O importante é recuperarmos o livro.

— Entendi muito bem o que pretendes, mas não seria a mesma coisa de uma história na qual viveste, contada em primeira pessoa. A primeira pessoa sempre torna a narrativa mais emocionante, aproxima o leitor. Precisas ir! Converse com seus pais; não conheces ninguém que more na Inglaterra?

— Tenho uma tia que mora em Londres.

— Fique hospedado na casa dela e leve um colega; a Lia, por exemplo!

— Minha mãe não deixaria.

— Também preciso falar com a minha tia.

— Se conseguirem hospedagem, as passagens ficam por minha conta!

— O senhor pagaria as passagens, seu Fernando?! Poxa, obrigado!

— É o mínimo que posso fazer, vocês estariam viajando por minha causa. Depois, também quero pensar em alguma retribuição. Nessas histórias, sempre há recompensas. Pensem em alguma coisa. Vocês são onze, não são? Quero fazer algo por todos da equipe de investigação — ele disse, sorrindo.

— Sim, somos onze. Mas, quanto à viagem, pense bem se não prefere ir.

— Vontade até tenho, mas não sei se teria condições. Vamos fazer o seguinte: voltem para São Paulo, conversem com vossos pais, consulte a tua tia, Heitor, e eu vou ver o que posso fazer. Anota o número do meu celular e me passa o teu, que nesta semana te envio por mensagem o texto que prometi; também vou ligar para o teu pai e falar da nossa conversa.

Senti que o seu Fernando queria encerrar a visita e dei um toque na Lia. Na saída, ele agradeceu pelo *Kafka à beira-mar*, sorriu e fez um comentário despretensioso:

— Vou ver o que posso fazer com seu Murakami…

Respondi que não precisava se preocupar, que só queria que ele lesse o livro.

Caminhando pela Viera Souto, me lembrei do calçadão de Ipanema e de uma frase da minha mãe: "Você terá outra oportunidade para acertar, meu filho". Então resolvi convidar a Lia para tomar uma água de coco e criar a outra oportunidade de que a minha mãe sempre fala:

— Vamos àquele quiosque de ontem?

— Boa ideia, ainda temos tempo antes de encontrar minha mãe — ela respondeu conferindo as horas.

Capítulo 17
A OUTRA OPORTUNIDADE

Atravessamos a avenida e começou a me bater um medo de não saber o que falar. Chegando no calçadão, fomos direto ao quiosque.

Peguei dois cocos e sentamos de novo de frente para o mar.

— Você vai falar da gente no seu livro?

— Claro que vou, tenho que contar as nossas aventuras aqui no Rio, os sebos que visitamos, a nossa conversa com o seu Fernando...

— E se a gente começar a namorar, você vai contar também?

— Não posso deixar de fora, será a parte romântica da história... Só estou aqui planejando como vou fazer o pedido, e tem que ser agora — eu disse sorrindo e dando uma piscada desajeitada para ela.

— E se eu não aceitar, você vai contar mesmo assim?

— Tenho que contar a verdade, mas seria uma pena!

— Por que uma pena?

— Porque eu perderia a namorada, e o livro, um final feliz — desta vez, dei um sorriso meio sedutor.

— E por que é tem que ser agora?

— Tudo já está se encaixando: sobre a aventura, ou vamos pra Londres ou convencemos o seu Fernando a fazer a viagem; sobre a parte política, somos os favoritos da eleição... Só falta encaminhar a parte romântica, e não quero deixar esse desfecho pro final.

— O livro vai acabar, mas nossa história pode continuar.

— Viveremos felizes para sempre?

— Como nos contos de fada!

A Lia disse isso e deu uma daquelas gargalhadas que eu adoro. Depois, ainda rindo, comentou:

— Você é maluco, transformando nosso namoro numa história de livro...

— E não é uma história de livro?

— É também.

— Olha essa vista — apontei para o mar de Ipanema, o cenário da nossa cena de amor — e me diz se não tem que ser agora.

— Pra quem, ontem, estava tomando dois sucos de goiaba, até que você está bem ousado.

— Não prometi correr riscos? Pois então...

Peguei nas mãos dela, olhei nos seus olhos, respirei fundo e fiz o pedido, tão ensaiado:

— Quer namorar comigo?

Ela também olhou nos meus olhos, abriu o sorriso mais lindo deste mundo, respirou fundo e respondeu:

— Quero!

Meu coração disparou. Claro que eu sabia o que fazer; já tinha lido, assistido e fantasiado sobre essa cena várias vezes. Mas quando chega a hora de verdade... Procurei seguir o roteiro e fui me aproximando devagar. Ela correspondeu e também se aproximou de mim. Fechei os olhos, senti seu perfume e finalmente a beijei. Foi um beijo demorado, parecia um sonho. Quando voltei do sonho, com cara de apaixonado, disse que há muito tempo esperava por aquele dia. Depois demos o nosso segundo beijo. Ainda conversamos bastante, e eu lembrei das outras vezes que tentei falar de namoro com ela. A Lia disse que percebia, mas que dava uma de desentendida. Falei que ela poderia ter facilitado as coisas, mas ela disse que não, que precisava saber se eu gostava dela mesmo.

— Sempre gostei de você!

Ela disse que também gostava de mim e demos o nosso terceiro beijo.

Pegamos o caminho da estação e fomos andando devagar, de mãos dadas. A Lia pediu que eu não falasse nada para a mãe dela:

— Com o tempo vou contar, mas por enquanto é melhor minha mãe não saber.

Ela também me pediu para não revelar tudo no livro:

— Temos que preservar nossas intimidades, não acha?

Tomamos o metrô e chegamos no hotel. A mãe da Lia já estava nos esperando. O almoço foi rápido, ela queria viajar "o quanto antes". Na estrada, quis saber como foi nossa conversa com o seu Fernando. Falamos da sua proposta e da minha tia de Londres; a Lia já tinha adiantado o destino do livro.

— Se sua tia mora em Londres e o seu Fernando paga as passagens, vá você pra lá — ela me incentivou.

— Não quero ir sozinho...

— Por que você não vai com seus pais ou convida algum colega?

— Posso ir com ele, mãe? — a Lia arriscou.

— Nem pensar!

— Por quê?! Deixa, vai... E se os pais dele também forem?

— De forma nenhuma! E não quero mais falar desse assunto. Em casa a gente conversa.

Nunca tinha visto a mãe da Lia brava daquele jeito.

Ao contrário da ida, conversamos pouco na volta. A mãe da Lia foi quem mais falou, estava feliz de ter reencontrado uma amiga "de tanto tempo". Chegando em São Paulo, ela me deixou em casa. Agradeci e falei que aquela viagem tinha sido muito importante pra mim. Dei um beijo na mãe da Lia, me esticando do banco de trás, e saí do carro. Quando desci, a Lia abriu a porta, me deu um abraço e um beijo no rosto:

— Essa viagem também foi muito importante pra mim — ela cochichou no meu ouvido. — Pena que não vou poder ir com você pra Londres.

Assim que cheguei, joguei a mala num canto e dei um beijo nos meus pais. Minha mãe quis saber se eu me comportei direito e não dei trabalho para a mãe da Lia. Meu pai me perguntou do seu Fernando: se ele leu a matéria e se a gente encontrou o livro dele. Eu disse pra eles terem calma e fazerem uma pergunta por vez.

— Vi que voltou malcriado — minha mãe comentou. — Mas tudo bem, comece pelo livro, que foi o motivo dessa sua viagem maluca.

— Não encontramos o livro, mas descobrimos uma pista.

— Uma pista?! Então seu livro vai virar um romance de investigação?

— Só uma parte, também tem uma parte política e outra romântica.

— Da parte política eu sei, é a eleição do grêmio. Mas qual é a parte romântica, posso saber?

— Por enquanto não posso contar. É segredo, mãe.

— E da pista, você já pode falar?

— Da pista, eu posso; o livro deve estar em algum sebo de Londres.

— Londres?! Essa sua história está indo longe demais!

— Também acho, pai, mas o que posso fazer?

— E o seu Fernando, vai viajar pra lá?

— Não, ele disse que seria muito sacrifício, mas se ofereceu pra pagar as passagens.

— E quem vai viajar?

— Ainda vou tentar convencer o seu Fernando, mas, se ele não for, vou procurar outro jeito.

— Que jeito, já pensou em alguma coisa?

— Pensei, quer dizer, estou pensando... A tia não mora em Londres? Então...

— Você está pensando em pedir pra ela procurar o livro?

— Não, não quero dar trabalho pra tia.

— E o que pretende fazer? — Pela minha cara, minha mãe desconfiou das minhas intenções: — Não está pretendendo ir pra lá, está?

— Sempre quis conhecer Londres — provoquei.

— E como você vai? Não posso largar meu trabalho — ela já foi avisando.

— E eu só vou ter férias no fim do ano — disse meu pai.

— Posso ir sozinho. Vou ficar na casa da tia mesmo.

— Você é muito novo pra ficar viajando. Já não basta ter ido pro Rio?

— Londres é muito longe, são quase doze horas de voo. Depois, precisaria conversar com a sua tia, saber se ela está preparada para te receber.

— Ela vai ter que ficar te ciceroneando pela cidade. Nem inglês você fala direito — minha mãe fez questão de lembrar, e por pouco não disse que eu abandonei o curso que eles pagaram com tanto sacrifício.

— E mesmo que falasse, não dá pra largar um menino de catorze anos sozinho por Londres.

— Quase quinze… Não pretendo ir sozinho… Conversei com a Lia, mas a mãe dela não quer deixar… Pensei em convidar o Lipe; ele fala inglês.

— Bem, já é uma companhia…

— Imagina, dois moleques! — protestou minha mãe. — Precisa ver se os pais do Felipe vão deixar.

— A mãe dele é amiga da minha irmã, quem sabe? Vamos fazer o seguinte, vou conversar com sua mãe e, se for o caso, ligo amanhã pra sua tia — disse meu pai, assumindo o papel de conciliador que quase sempre me favorece.

— Você comeu? — minha mãe perguntou.

— Comi um lanche na estrada, mas faz tempo.

— Então vá se alimentar. Tem comida na cozinha, é só esquentar.

Depois de jantar e desfazer minha mala, liguei para a Lia e falei da conversa com meus pais.

— Vamos pra Londres comigo, vai... Insiste com a sua mãe!
— Já insisti, não teve jeito. Nós até brigamos.
— Por que ela ficou tão brava naquela hora?
— São uns traumas dela. Um dia te conto.

Capítulo 18
ESTA HISTÓRIA AINDA VAI LONGE

Acordei atrasado. Tomei café correndo — nem conversei com meus pais —, peguei a mochila e saí. O Lipe estava me esperando no portão de casa.

— Que história é essa do livro ter ido pra Inglaterra?
— Pois é, ele foi levado pra Londres e pode estar em algum sebo. Precisamos marcar uma reunião, mas antes queria perguntar uma coisa pra você...
— Vamos por partes, que horas marcamos a reunião?
— Às quatro, na Kátia?
— Legal! Pode deixar que eu convoco.
— Mas consulta ela antes.
— Beleza! E o que você quer me perguntar?
— Você se lembra da minha tia, aquela que mora em Londres? Então, se der certo de ficar na casa dela, você topa ir pra Londres comigo?
— Se topo ir pra Londres com você, Le?! Claro que topo! Mas isso não vai sair uma fortuna... ?
— O seu Fernando vai pagar as passagens!
— Não acredito, que da hora! Eu vou falar com a minha mãe!
— Calma, meu pai ainda vai ligar pra minha tia.
— Bom, assim que tiver a resposta, me avisa.

— Você vai ser o primeiro a saber!

— Agora sou eu que tenho uma pergunta...

— Pode perguntar.

— E aí, pegou a Lia?

— Mas que obsessão!

— Pegou ou não pegou?

— Quer saber? Estamos namorando — tentei corrigir.

— Então pegou.

— Tá, então peguei.

— Viva! Finalmente!

Chegamos na escola e fomos direto para a sala. Na primeira aula, da professora Luciana, lemos "O seio tatuado da minha avó", do Jorge Miguel Marinho. No conto, a avó de Pedro, que lutou contra o fascismo, diz duas frases marcantes: "Toda verdade é sempre um pedaço de outra coisa" e "O trabalho mais digno do homem é refazer a vida até o fim". A segunda aula foi da professora Mirtes, de História. Depois, desci para o intervalo e encontrei a Lia.

— E a sua mãe, tá mais calma?

— Tá, mas não vai me deixar viajar com você.

— Uma pena!

— E quem você vai convidar?

— Conversei com o Lipe... Você tá linda hoje!

— Só hoje?

— Todo dia, mas hoje tá mais...

Quando começava a me declarar, a Kátia apareceu:

— Atrapalho alguma coisa?

— Não, imagina! — respondemos juntos.

— Senti um clima... Aconteceu algo no Rio que ainda não sei?

Deixei a Lia responder:

— Estamos namorando!

— Que maravilha! Como foi? Me contem!

Enquanto eu me preparava para ouvir a nossa história de amor na versão da Lia, foi o Paulo quem apareceu:

— E aí, Le, levou o contrato pro seu Fernando assinar? Vai rolar recompensa?

— O contrato não levei, mas a recompensa vai rolar!

— Sério?! O que vai ser?

— Ele não falou, pediu pra gente pensar.

— Tipo o quê? — a Kátia perguntou.

— Sei lá… algum presente coletivo? Vamos pensar.

— E como a gente vai fazer agora que o livro foi pra Inglaterra?

— Boa pergunta! Ainda não sei — respondi, evitando falar do assunto naquela hora.

— Você não tem uma tia que mora em Londres? — o Paulo insistiu.

— Tenho, meu pai vai ligar pra ela e, se tiver alguma novidade, a gente conversa mais tarde. Falando nisso, a reunião tá confirmada?

— Sim, às quatro, na minha casa.

Tocou o sinal. Dei um beijo no rosto da Lia, outro na Kátia e subi com o Paulo.

No caminho, falei rapidamente das visitas aos sebos. A terceira aula foi de Inglês — prestei bastante atenção. A última foi da professora Magnólia, de Geografia.

Voltei para casa e comecei a digitar uma mensagem para o meu pai, que tinha saído. Minha mãe também não estava. A mesa estava posta, com prato, talheres, um copo e um bilhete ao lado. Antes de enviar a mensagem, larguei o celular e fui ler o bilhete:

Heitor, comece a arrumar as malas: Londres e sua tia te esperam. Depois conversaremos. Pode convidar o Felipe também. Boa reunião!

Peguei o celular de volta, apaguei a mensagem e enviei para ele um monte de joinhas. Depois dei a notícia pro Lipe:

> **Já pode falar com a sua mãe, viagem autorizada! Uhu!**

Ele respondeu no ato:

> **Sério?! Que da hora, vou correndo falar com ela!**

Almocei, fiz a lição de Inglês, pesquisei os sebos da Charing Cross — descobri que tinha um romance que se passava naquela rua —, separei o material para a reunião e, antes das quatro, o Lipe me chamou. Nem bem cheguei ao portão e ele já foi falando que estava tudo certo, que tinha conversado com a mãe dele e, com aquele seu jeito exibido, disse:

— Pode contar comigo pra essa viagem!

— Como assim, Lipe? Já?!

— Apelei, disse que era a minha chance de aperfeiçoar o inglês e que, com as passagens pagas, eu nunca teria outra chance como essa.

— E sua mãe concordou, assim, de cara?!

— Ela vai falar com a sua e conversar com o meu pai, mas esse tá no papo — ele falou batendo com as costas da mão no próprio queixo. Depois riu e completou: — Acho que já podemos falar disso na reunião.

Quando finalmente chegamos, todos estavam nos esperando:

— Pensamos que já tivessem ido pra Londres — disse Lia, brincando.

— Que história é essa? — o Pessoa perguntou. — Perdi alguma parte?

Contei que minha tia me receberia em Londres e que o Lipe viajaria comigo. Quer dizer, só faltava o pai dele autorizar. Depois, a Lia e eu ainda falamos da viagem, do gerente, do Bob e de por que o livro encantado tinha sido levado para tão longe.

— Como assim, o livro pediu pra viajar? — o Marcos brincou.

— Também não entendi, mas vamos descobrir.

— Mudando de assunto, eu tô achando a parte romântica do seu livro meio parada, Le. Até agora não aconteceu nada de romântico nessa história!

— Você é que pensa — a Lia discordou da Lilian.

— Então conta, ora!

— Pode deixar que eu conto — me antecipei. — A gente tá namorando!

Passei o braço por cima do ombro da Lia e demos um selinho. A ala masculina, sempre mais infantil, foi ao delírio:

— Beija! Beija!

— Esses meninos são uns criancinhas, demoram a crescer.

— Também não é assim, Lilian — o Marcos tentou nos defender.

Depois paramos para o lanche. A Lia e eu ainda ouvimos mais provocações e o intervalo ficou bem divertido. Em seguida, partimos para o último ponto da pauta: finalizar o texto da nossa campanha. Lemos a minha proposta e o Plínio deu sua opinião:

— Acho que tá bom, só incluiria alguns debates importantes que precisamos levar pra dentro da escola.

— Quais debates?

— Homofobia, racismo, machismo, *bullying*... Ou vocês acham que não existem esses problemas no colégio?

— Ô se existem! Sinto na pele! — disse o Paulo, apoiando a proposta do Plínio.

— Nós também sentimos! — as meninas disseram em coro, e a proposta de emenda foi aprovada.

Capítulo 19

A NOSSA CAMPANHA

Terminada a reunião, tinha muita coisa para fazer, mas nada era mais importante do que acompanhar a minha namorada. Então me aproximei da Lia e perguntei:

— Você vai pra sua casa?

— Vou, por quê?

— Posso acompanhá-la?

— Será um prazer! — ela respondeu, colocando as mãos na cintura, pendendo a cabeça para a esquerda e zoando o meu jeito formal de perguntar.

— Desculpa, ainda não sei como falar com a namorada.

— Fica tranquilo, a gente pode aprender juntos.

No caminho, continuei acanhado; falei sobre o livro que comecei a ler e ela também me contou o que estava lendo. Quando chegamos no portão da casa dela, tive a ideia de convidá-la para ir ao cinema.

No dia seguinte, fomos assistir *A livraria*, baseado no livro homônimo da Penelope Fitzgerald. O filme se passa na década de 1950 e conta a luta de uma mulher que ousou abrir uma livraria num pequeno vilarejo da Inglaterra.

Na quarta, ensaiei a apresentação da nossa chapa com o Lipe. Eu não queria simplesmente ler o manifesto; precisava prender a atenção dos colegas e, para isso, tinha que buscar as entonações adequadas, dramatizar minha leitura. Com a direção do meu amigo, acho que melhorei.

À noite, liguei para Lia. Sonhei com ela; no sonho, era ela quem viajava a Londres comigo. Na quinta, dia da apresentação, acordei atrasado, tomei o café, peguei a mochila e fui correndo para a escola.

Era a despedida do professor Athos; na sexta ele já não iria trabalhar e, na segunda, a Cidinha assumiria o seu lugar. Naquele dia, o Athos nem ficou na sua sala: andou pelos corredores, conversou com os alunos e, depois, animado, assistiu às apresentações. Quando cheguei, ele tinha acabado de sair de uma rodinha da sexta série e caminhava em direção à cantina. Não quis perder a oportunidade de me despedir:

— Professor Athos, professor Athos!

— Tudo bem, Heitor? Vejo que está atrasado para a primeira aula.

— Estou, mas eu precisava me despedir do senhor. Vamos sentir sua falta!

— Eu também vou sentir a falta de vocês, principalmente da sua turma, os revolucionários que enfrentaram o prefeito. E como andam as lutas?

— Montamos uma chapa pra concorrer ao grêmio.

— Eu sei, a professora Mirtes e a professora Magnólia sempre me mantêm informado dos vossos passos.

— Sério?!

— Mas fiquem tranquilos, são passos admiráveis! Outro dia, graças à professora Dora, soube que há um poeta entre vocês.

— Sim, o Touchê!

— Touchê?!

— Quer dizer, o Antonio Carlos.

— Isso, o Antonio Carlos.

— Mas essa informação o senhor teve por caminhos tortos.

— O que importa é que eu descobri o poeta. Agora vá para sua sala e boa sorte na apresentação! Estarei na plateia, torcendo por vocês.

— Obrigado! Tchau, professor.

Quando entrei na sala de aula, a professora Luciana, de Português, já estava fazendo a chamada.

— Pensei que não viesse mais! — o Lipe cochichou no meu ouvido.

Quando tentei explicar que tinha perdido a hora, a professora chamou a minha atenção:

— Chegou atrasado e ainda quer tumultuar?!

Pedi desculpas e fiquei quieto. A segunda aula foi da professora Dora; ela estava boazinha, até me arrependi do comentário que fiz ao professor Athos. Em seguida, chegou a hora do recreio e da apresentação das chapas. Fomos os últimos; subimos no palco, e comecei a falar:

— Somos da chapa Seremos Resistência! Nosso grupo participou da luta contra o fechamento da biblioteca do bairro. Aqui na escola, nunca fizemos parte de nenhuma diretoria, mas sempre acompanhamos o trabalho do grêmio. Este ano, estamos preocupados. A maioria das nossas conquistas ocorreu mais por concessão do professor Athos do que por nossos próprios méritos. Portanto, elas não têm garantia de continuidade, principalmente agora, com a mudança na diretoria da escola. Nenhuma outra chapa está prevendo as consequências dessa mudança. Não podemos ficar à mercê da boa vontade da direção ou dos professores, temos que lutar pelos nossos direitos. O grêmio representa os alunos frente à direção e tem a função de abrir canais de participação e ajudar a democratizar a gestão da escola. Ele organiza festas, campeonatos esportivos e eventos culturais, mas, acima de tudo, é um espaço de debates. É esse o aspecto que queremos valorizar. Para isso, vamos promover encontros para discutir alguns temas importantes da nossa sociedade, como homofobia, racismo, machismo e *bullying*. Também pretendemos aproximar ainda mais a nossa escola da biblioteca do bairro e de outros espaços de leitura e organizar rodas de conversa sobre livros e literatura. Foi para lutar por tudo isso que decidimos nos candidatar. Agora, seremos gremistas também e — levantando os braços com os punhos fechados, gritamos juntos — SEREMOS RESISTÊNCIA!

No dia seguinte, estávamos curtindo o sucesso da nossa chapa. Na escola, não se falava em outra coisa. Mas aquela alegria durou pouco, pois correu o boato de que a nova diretora pretendia adiar as eleições para ter tempo de "tomar pé da situação". Ela nem tinha assumido e já estava nos provocando. Na segunda, a Cidinha chegou e o boato se confirmou: a eleição ficou para o final de agosto. Ela queria rever todo o processo eleitoral e fazer algumas mudanças.

Capítulo 20

OS SEBOS DE SOUTH BANK

O embarque foi marcado para o primeiro dia das nossas férias, e o seu Fernando mandou o dinheiro das passagens. Era fim de semestre, com provas e entrega de trabalhos. A nossa campanha, apesar da Cidinha, ia muito bem. Continuamos trabalhando; entre os concorrentes, fomos os que mais aproveitaram o adiamento do pleito. A Cidinha percebeu e reagiu: disse que, na próxima gestão, o grêmio teria um supervisor, indicado pela direção da escola. Protestamos, dissemos que ela queria voltar aos tempos dos centros cívicos da ditadura e ela retrucou: "Por que não? Naquele tempo que era bom!". Claro que esse diálogo não se deu assim, cara a cara. Da nossa parte, foram comentários feitos nos corredores; da parte dela, desaforos que alguém teria escutado.

Nesse período, além de encontrar a Lia todo dia na escola, nós também saímos; fomos duas vezes ao cinema e uma ao sebo de Pinheiros.

Na véspera de viajar, a turma fez uma despedida na casa da Kátia, e cada um levou um prato ou bebida. A festa foi divertida; rimos, cantamos — o Marcos levou o violão — e conversamos sobre coisas que não costumávamos falar, nem na escola, nem nas nossas reuniões.

Então chegou o dia da viagem. Fomos para o aeroporto de Cumbica, em Guarulhos, com os meus pais e os pais do Lipe, e lá uma comissária nos acompanhou, tanto no embarque como no desembarque. O voo foi cansativo; li, assisti a dois filmes, dormi, comi três vezes, caminhei pelos corredores, fui várias vezes ao banheiro. Doze horas depois, desembarcamos no aeroporto de Heathrow. Acompanhados pela comissária, pegamos nossa bagagem, passamos pela imigração e finalmente entramos na Inglaterra. Meus tios, que já nos esperavam no saguão, fizeram festa e nos encheram de abraços. Em seguida, pegamos um táxi para a casa deles em North Finchley.

No resto do dia, nem saímos de casa. Aproveitamos o tempo para descansar e planejar os passeios, além de conversar bastante com os nossos anfitriões. Minha tia quis saber como estavam todos no Brasil, principalmente meu pai, seu irmão mais novo, com quem ela sempre se preocupava. O Lipe também falou da mãe dele e, aos poucos, fomos atualizando as novidades.

— Mas e essa história? A troco de que vocês atravessam um oceano atrás de um livro perdido?

Falei do seu Fernando e da importância que esse livro tinha para ele e, depois, meu tio também perguntou do Bob e lhes contamos tudo o que sabíamos.

— Tenho certeza de que esse leitor inglês deixou o livro em algum sebo daqui! — ele opinou.

— Tomara!

— Seu pai me contou que você vai escrever um livro com essa história, é verdade? — minha tia perguntou.

— Estou escrevendo.

— Que bom! Por outro livro, acho que vale a pena atravessar um oceano.

— Também acho.

— Então vamos fazer o seguinte: a parte turística fica por nossa conta, afinal, já que vieram até aqui, vocês não podem deixar de visitar os lugares famosos. Até já marquei uma visita guiada à British Library, tenho certeza de que vão gostar.

— E eu já comprei ingressos pra um concerto no Royal Albert Hall — disse meu tio, que também queria contribuir com os nossos passeios.

— Para o roteiro turístico, faremos uma lista, mas, para essa caça ao livro, não sabemos como ajudar. Vocês já sabem por onde começar?

— Temos indicações de sebos na Charing Cross Road e em Southbank Centre.

— Minha proposta é que a gente faça alguns passeios, assim vocês já vão conhecendo Londres e se familiarizando com o transporte público. Mas faço questão de sempre acompanhar vocês. O que acham?

Nos primeiros dias, controlamos nossa ansiedade e fizemos o que minha tia sugeriu; fomos turistas em Londres.

Começamos pelo próprio bairro, onde conhecemos a biblioteca

de North Finchley e o seu bibliotecário, o John. No bairro vizinho de Muswell Hill, visitamos uma livraria especializada em crianças e jovens. Também fomos à St. Pancras e à King's Cross e, depois, visitamos o Parlamento e a Downing Street.

Assistimos ao concerto do Royal Albert Hall, conhecemos o Shakespeare's Globe, a feira de Camden Town e a Covent Garden. Por sugestão do Lipe, fomos à Abbey Road e atravessamos a famosa rua da capa do disco dos Beatles. Conhecemos a Tower of London, fizemos a visita guiada à The British Library e fomos à Hatchards, a mais antiga livraria de Londres.

Visitamos a The National Gallery e o British Museum. Conhecemos a London Eye, a Tower Bridge e a Millenium Bridge. Também visitamos o Tate Modern, o museu de Freud e o museu de Sherlock Holmes. Conhecemos muitos parques e praças e, para encerrar, fomos ao Palácio de Buckingham, a residência oficial da família real.

Já as investigações começaram pelos sebos de South Bank, no South Bank Second Hand Book Market, ao lado do rio Tamisa, sob a ponte Waterloo. Eram diversas bancas, cheias de livros usados, parecidas com as da rua Augusta, em São Paulo, só que maiores. Depois de rastrear banca por banca, sem encontrar nenhum livro em português — o que seria motivo para puxar conversa com o vendedor —, resolvemos combinar uma abordagem. Minha tia foi na frente e nós, logo atrás, observando.

— Boa tarde! Com licença, somos brasileiros e meus sobrinhos estão procurando um livro em português. Ele foi publicado no Brasil e comprado no Rio de Janeiro, por um inglês que o trouxe para Londres e pode tê-lo deixado em algum sebo da cidade. Por acaso você viu, por esses dias, algum livro escrito em português?

— Não, há muito tempo não vejo um livro escrito em português — o livreiro respondeu, educado, mas pouco simpático e me parecendo não estar para muito papo. Agradecemos e partimos para o segundo sebo.

Nesse, o livreiro foi mais simpático, nos cumprimentou e até arriscou um "tudo bem?" carregado de sotaque. Desta vez, o Lipe liderou a abordagem, repetindo o roteiro que já havia sido aplicado. O vendedor ainda mostrou interesse pelo nosso caso:

— É livro velho?

— Não! Foi lançado recentemente, mas está autografado, e tem trechos sublinhados e anotações em algumas páginas.

— Livro novo em português nunca apareceu por aqui… Outro dia vendemos uma edição de 1980, de um escritor brasileiro, o Jorge Amado. O livro era *Mar morto*, me lembro dele porque estava autografado.

— Um livro autografado pelo Jorge Amado! — exclamei, espantado.

— Quem o comprou? Deve ter custado caro.

— Vendemos a um brasileiro, por 20 libras.

— E como esse livro chegou aqui?

— Em geral, compramos bibliotecas fechadas; a pessoa morre e a família vende os livros que ela colecionou durante a vida.

— O *Mar morto* veio de uma coleção dessas? — minha tia perguntou.

— Certamente — ele respondeu.

— Vocês já fizeram alguma compra avulsa, alguém que tenha vendido um ou poucos livros? — o Lipe perguntou.

— Nunca! Acho que ninguém aqui em South Bank costuma comprar assim.

Agradecemos e seguimos, mas não conseguimos nenhuma informação nova, exceto uma dica de viagem: a livreira da última banca disse que deveríamos conhecer uma pequena cidade no País de Gales, Hay-on-Wye, considerada a capital do livro de segunda mão. O Lipe perguntou se ela achava que o nosso livro poderia estar lá.

— Isso eu não garanto, mas tenho certeza de que irão adorar o passeio — ela respondeu.

Chegando em casa, fui organizar minhas anotações sobre a Charing Cross. Uma parte eu consegui na internet, outra o seu Fernando me passou. Ele me contou que os sebos expunham, nas calçadas, caixotes cheios de livros. Nas minhas pesquisas, encontrei um que ainda mantinha essa estratégia. Além desse, listei outros dois sebos que valiam a visita. Também fiz uma busca por Hay-on-Wye e descobri que a pequena cidade era o destino dos bibliófilos de todo o Reino Unido. A "cidade do livro" promovia anualmente um festival literário e tinha o livreiro Richard Booth, conhecido como o rei de Hay, como seu principal divulgador. Enviamos um relatório para o nosso grupo e, em poucos segundos, começaram a pipocar mensagens:

> **Lilian**
> Que maravilha, delícia de passeio!

> **Lia**
> Adorei a dica! Quando for ao Reino Unido, quero conhecer Hay-on-Wye!

> **Marcos**
> Vejam se encontram uma HQ do Dave Gibbons. Se tiver autografada, melhor.

> **Kátia**
> Ótimas notícias! E já estou curiosa pelas notícias de amanhã, da Charing Cross.

> **Marcos**
> Outra coisa, mandem fotos, principalmente *selfies*, pra eu desenhar as cenas daí.

Pessoa
Vcs ainda não se perderam no metrô de Londres? Eu me perderia!

Touchê
Anotem esse nome, Helen Mort, poeta inglesa.
Se encontrarem um livro dela, tragam pra mim, por favor.

Paulo
Já que tá todo mundo pedindo... se encontrarem uma edição inglesa do David Copperfield, tragam também.

Touchê
A Cidinha tá querendo barrar a nossa chapa!

O quê?! Com que argumento?

Touchê
Disse que não pode ter aluno com passagem pela diretoria.

Quem tem passagem?

Touchê
Eu, vc num lembra? A gente propôs montar outra chapa, mas ela disse que perdemos o prazo.

Lipe
É golpe! Onde vcs conseguiram essa informação?

Touchê
Na secretaria. A gente quer fazer uma manifestação no primeiro dia de aula. Vcs já vão tá aqui, né?

Sim, não podemos perder essa!

Plínio
A gente tem se reunido quase todo dia, não colocamos isso no grupo pra não preocupar vcs.

> **Lia**
> Foi minha sugestão. Vcs têm que cuidar da missão daí.

> **Lipe**
> Podiam ter contado pra gente.

> **Lia**
> Achamos melhor assim, a Cidinha não pode fazer nada nas férias.

Depois dessa troca de mensagens, tive uma ideia ousada, que compartilhei com o meu amigo:

— Você dá conta de conversar com os livreiros sem a ajuda da minha tia?

— Acho que dou, por quê?

— Pensei em perguntar pros meus tios se a gente pode ir sozinho pra Charing Cross.

— Mas sua tia é legal e está ajudando a gente.

— Eu sei, também acho minha tia legal…

— Então não estou entendendo o porquê de você não querer que ela vá com a gente.

— Não é bem que eu não queira, o problema é o livro…

— O livro do seu Fernando?

— Não, o meu. Quer dizer, o nosso.

— E o que é que tem o livro?

— Acho que essa parte da história ficaria mais bem contada se fôssemos só nós dois, não acha?

— Acho, mas quero ver você explicar isso pra ela.

— Ela vai entender.

— Podemos fazer assim, vamos com a sua tia e, na hora de escrever, você tira ela dessa parte.

— Você tá louco, Lipe? Assim é pior, quando ela for ler o livro, vai ficar ofendida. Vamos pedir, tenho certeza de que vão compreender.

Meus tios ficaram assustados com o pedido: "Duas crianças perdidas em Londres?!". Evitei ao máximo os apelos infantis, tipo "deixa, vai", e, depois de muita argumentação, aos poucos eles foram se convencendo. Prometemos que visitaríamos os sebos e voltaríamos direto para casa. No final eles deixaram, concordando que a nossa aventura na Charing Cross ficaria muito mais divertida de ser contada se fôssemos sozinhos.

Capítulo 21

A RUA DOS LIVROS

No outro dia, acordamos cedo e nos preparamos para sair. Fazia uma manhã bem bonita, com o céu azul característico do verão londrino, como minha tia explicou. Ela também disse que nessa época os ingleses ficam mais felizes, até sorriem para estranhos que cruzam na rua. Ao sair, me deu as chaves de casa, umas dicas de lugares para ir nos arredores e algumas recomendações. Caminhamos devagar pelas ruas tranquilas do bairro, curtindo nosso primeiro dia. Sozinhos em Londres! Confesso que senti um frio na barriga, mas estava seguro — certo de que nada de ruim aconteceria — e, principalmente, muito feliz. No caminho da estação, encontramos várias pessoas indo pro trabalho. "*Hi*", eles nos comprimentavam, "*good morning*" respondíamos, confiantes, como se já fizéssemos parte daquela rotina. Afinal, éramos seus vizinhos e também estávamos indo fazer nosso trabalho.

Entramos na estação e pegamos o trem para Charing Cross. No caminho, como sempre, fui observando as pessoas — a disposição dos bancos do metrô de Londres facilitava o meu trabalho. Alguns liam livros em papel, outros liam *ebooks*. Viajamos por treze estações, num dos horários de maior movimento, até chegarmos à Tottenham Court Road, a estação mais próxima das livrarias. Descemos do trem e seguimos as sinalizações. Antes de passar pela catraca, chamei meu amigo num canto.

— Lipe, você sabe que meus avós nasceram em São Paulo, meus pais nasceram em São Paulo, eu nasci em São Paulo...

— Não vai me dizer que você resolveu contar a história da sua família justo agora? Isso é hora, Le?!

— Não é nada disso, é só pra falar uma coisa rápida.

— Então manda, mas vai logo, pois Londres nos espera.

— É exatamente disso que quero falar.

— Não entendi.

— Você vai entender... Como ia dizendo, eu sou paulistano e toda minha família é de São Paulo, mas só me senti parte da cidade quando comecei a circular por ela, quando saí do nosso bairro e fui conhecer outros bairros, descobrir o centro, me perder, e encontrar os caminhos...

— Continuo sem entender... O que Londres tem a ver com isso?

— Tudo, pois é como estou me sentindo; sinto que já faço parte desta cidade.

— Tá se achando um londrino?!

— Autêntico! — gritei, e demos uma gargalhada que chamou a atenção de um grupo que sorriu para nós.

A caminho da Charing Cross, fomos encontrando as dicas da minha tia. Primeiro vimos a homenagem à Agatha Christie, uma escultura de um livro enorme com o perfil dela na capa. Depois, bem próximo da estação, na calçada da New Oxford Street, um totem com declarações de amor a Londres de pessoas famosas que moraram na cidade. Paramos e lemos citação por citação, com direito a tradução simultânea do Lipe.

> **Virginia Woolf:** — As ruas de Londres têm seu mapa, mas nossas paixões são desconhecidas. O que você vai encontrar se virar essa esquina?
>
> **Groucho Marx:** — Estou saindo porque o tempo está bom demais. Eu odeio Londres quando não está chovendo.
>
> **Vivienne Westwood:** — Não há outro lugar como Londres. Nada, em qualquer lugar.

Até que chegamos à última citação. O Lipe se lembrou do que eu havia acabado de dizer e me dedicou o verso de um famoso músico inglês, além de me arrumar um novo apelido para me zoar pelo resto da viagem.

— Essa é pra você, *London boy*: "A London boy, oh a London boy, your flashy clothes are your pride and joy, a London boy, a London boy, you're crying out loud that you're a London boy".

Ri da brincadeira e o Lipe seguiu me provocando: "É por aqui, *London boy*", "Vamos entrar à esquerda, *London boy*". Não liguei, no fundo estava até gostando e, depois, sabia que esse apelido não pegaria; já basta o Le, de "leitor", que pegou. Acho que foi o Luiz Roberto que começou a me chamar assim, no quinto ano. O apelido dele era Ditão, ele mesmo se apelidou em homenagem a um antigo jogador de futebol — sem técnica, mas de muita raça. Também foi ele que deu o apelido de Touchê ao Antonio Carlos, em referência à tartaruga de um antigo desenho animado. O Luiz Roberto gostava de pesquisar personagens antigos e inventar apelidos. Ele continua na escola, mas agora está em outra turma e tem novo apelido: Chevrolet — um outro antigo jogador de futebol —, e dizem que melhoraram suas qualidades em campo.

Chegamos à Charing Cross e avistamos a livraria dos caixotes na calçada. Puxei o Lipe pelo braço e disse: "Vamos lá!", e ele respondeu fazendo cara de obediente: "*Yes, sir. Let's go, London boy*".

Fizemos umas fotos da fachada da loja, além de uma *selfie*, a pedido do Marcos, e as enviamos no grupo e também para o seu Fernando. Em seguida, começamos a vascular os livros dos caixotes e parece que a sorte começou a virar para o nosso lado. Escondido num deles, encontramos um livro em português, o *Memórias do cárcere*, de Graciliano Ramos, por apenas uma libra.

Entramos na loja e, antes de conversar com o livreiro, demos uma geral nas estantes. Havia livros de todos os gêneros: ficção, não ficção, muita coisa interessante, mas nada que fizesse metermos a mão no bolso, já que nosso dinheiro era curto e estávamos apenas começando o dia. Sendo assim, ficamos só com o *Memórias do cárcere*. Quando fomos ao caixa, aproveitamos para falar com o vendedor. Contamos um pouco da gente e perguntamos se ele sabia como aquele livro havia parado ali, mas ouvimos de novo que os sebos costumam comprar coleções fechadas. Comecei a desconfiar da nossa sorte.

No segundo sebo, também compramos um livro como desculpa. Logo que entramos, avistamos na vitrine um título que procurávamos no Brasil: *84 Charing Cross Road*, da norte-americana Helene Hanff. Em português, o título foi traduzido para *Nunca te vi, sempre te amei*. O livro, lançado em 1970, conta a história da correspondência da autora com um livreiro da Charing Cross. Foi nosso pretexto para falar com o livreiro. Já dentro da loja, pedi o livro apontando para a vitrine e o Lipe engatou uma conversa:

— Esse livro deve vender bastante...

— É a história deste lugar, por isso o colocamos na vitrine.

Enquanto folheava o livro — uma impressão de 1987, da Futura Publications, feita para o lançamento de uma adaptação da obra para o cinema, com fotos de Anne Bancroft e Anthony Hopkins na quarta capa —, o Lipe se apresentou, disse que éramos brasileiros e que, no Brasil, o livro estava fora de catálogo. O livreiro ficou feliz de a gente ter encontrado o título na loja dele. Ele também nos perguntou se procurávamos por outro livro. Foi a nossa deixa.

Contamos nossa história, repetimos o roteiro e lhe mostramos o bilhete — antes, fizemos as advertências necessárias. Ele disse que nunca tinha visto um livro com aquele título e quis saber mais sobre o leitor inglês. Para nossa alegria, o livreiro conhecia o Bob que, segundo ele, "é uma figura exótica, que acha que quem guarda livros sofre de transtorno de acumulação".

— Ele fala que o livro deve circular, que é para isso que servem os sebos — em seguida, empostou sua voz, como se imitasse o Bob, e disse: — Para que vou guardar um livro que já li e privar outra pessoa de ler também? — voltou a sua voz natural e acrescentou — Ele sempre aparece por aqui.

— E quando foi a última vez? — perguntei.

— Que eu tenha visto, já faz algum tempo, mas isso não significa que ele não tenha voltado; muitas vezes, encontra o que procura já na primeira livraria e vai embora.

No final dessa conversa, ficamos mais animados, sentindo que estávamos no caminho certo. Pagamos pelo *84 Charing Cross Road* e partimos para o terceiro sebo.

O único vendedor da loja já atendia alguns clientes. Era um homem alto, de *dread* no cabelo, aparentemente bem simpático. Enquanto esperávamos — já sabíamos de cor o que falar, nem precisávamos de um livro como desculpa —, ficamos explorando o sebo e descobrimos, num dos cantos da sala, uma escada que levava ao porão. Olhamos o livreiro e os clientes e, sentindo que a conversa ainda ia demorar, examinamos a escada e descemos.

O porão era dividido em pequenas salas, com estantes e livros em todas as paredes. Na sala central, ao pé da escada, havia uma grande mesa coberta por pilhas de livros. À distância, reconhecemos a foto de um autor brasileiro na capa de um deles. Era o Machado de Assis em seu *The Posthumous Memoirs of Brás Cubas*.

Comecei a folheá-lo e comentei com o Lipe uma coisa que ele já devia estar cansado de me ouvir dizer, mas que vale a pena repetir: adoro observar o início dos romances; penso que as histórias devem ter um bom começo e acho que *Memórias póstumas de Brás Cubas* tem um dos melhores inícios de livros que li.

Conheci Machado de Assis antes de saber ler direito. Minha mãe dizia que seria muito bom eu já ir ouvindo um escritor que escrevia muito bem e leu para mim alguns de seus contos, como *O Espelho*, *A Cartomante* e *Um Apólogo*. Depois fui ler outros na escola, como *O alienista* — outro excelente começo de livro —, e não parei mais.

Então abri o livro no capítulo 1 e pedi ao Lipe que lesse o primeiro parágrafo em voz alta:

Chapter 1 — Death of the Author

For some time I hesitated whether to open these memoirs at the beginning or the end, that is, if I should put my birth or death first. Assuming the vulgar custom is to begin at birth, two considerations led me to adopt a different method:

the first is that I am not properly a deceased author, but a later author, for whom the grave is another cradle; the second is that the writing will thus be more dashing and novel. Moses, who also related his dead, did not put it at the start but at the end; a radical difference between this book and the Pentateuch.

Como já li várias vezes esse parágrafo, não foi difícil reconhecê-lo em inglês:

Capítulo 1 — Óbito do Autor

Algum tempo hesitei se devia abrir estas memórias pelo princípio ou pelo fim, isto é, se poria em primeiro lugar o meu nascimento ou a minha morte. Suposto o uso vulgar seja começar pelo nascimento, duas considerações me levaram a adotar diferente método: a primeira é que eu não sou propriamente um autor defunto, mas um defunto autor, para quem a campa foi outro berço; a segunda é que o escrito ficaria assim mais galante e mais novo. Moisés, que também contou a sua morte, não a pôs no introito, mas no cabo: diferença radical entre este livro e o Pentateuco.

Antes de subir, fuçamos nas estantes; duas delas tinham apenas literatura juvenil, com um monte de livros bacanas. Fiquei segurando o exemplar do *Memórias póstumas*; não pretendia levá-lo, mas, se tivesse oportunidade, queria apresentar ao livreiro — caso ele ainda não conhecesse — um clássico da literatura brasileira. Já impacientes e imaginando que a conversa do livreiro com os clientes tinha acabado, resolvemos voltar ao andar de cima. De fato, eles já tinham ido embora, mas agora o homem de *dread* falava espanhol com um casal de turistas, aparentemente lhes passando algumas orientações de caminhos da cidade. Depois descobrimos que o livreiro se chamava Santiago e, naquele momento, atendia seus conterrâneos espanhóis. Assim que o casal deixou a loja, nos aproximamos do caixa e ele nos recebeu com um sorriso acolhedor. Senti que poderíamos apresentá-lo ao Machado e fazer todas as perguntas que precisávamos.

Começamos pelo *Memórias póstumas*; mostrei a capa, apontei para o título e perguntei se ele conhecia o autor. Ele respondeu que não. Então falei que se tratava de um dos mais importantes escritores brasileiros, abri no primeiro capítulo e o convidei a ler o primeiro parágrafo.

— *Wow*! — ele exclamou alguns segundos depois. — Preciso ler este livro!

Cutuquei o Lipe com o cotovelo, como quem fala: "Não disse?". Em seguida, mudamos de assunto e perguntamos se ele conhecia o Bob.

— Sim, aqui todos o conhecem.

— E ele esteve por aqui recentemente?

— Sim, há duas semanas. Deixou um livro e pegou outro.

— E que livro ele deixou?

— Não me lembro do título, mas me recordo que era um livro autografado e escrito em português.

— Só pode ser o nosso! — Comentei com o Lipe e, ansioso, emendei outra pergunta: — E esse livro está aqui?!

— Não, foi enviado para Hay-on-Wye.

— Hay-on-Wye?! — perguntamos, surpresos.

— Sim, geralmente os livros fazem o caminho inverso; Hay compra grandes lotes e os manda pra cá. Mas esse foi para lá, levado pelo meu chefe, junto com outros livros. Eles estão organizando uma coleção de livros autografados.

— Eles quem?

— A equipe do Richard Booth. Parece que ele está cuidando pessoalmente dessa coleção.

— Richard Booth?! E tem como falar com ele?

— Por telefone?

— Sim.

— Acho difícil, ele não é assim tão acessível.

Contamos, em detalhes, a história do seu Fernando e falamos da importância que o livro tinha pra ele.

— Nesse caso, acho que seria melhor vocês irem até Hay para tentar falar pessoalmente com ele. Sei que o Richard gosta muito de histórias sobre livros.

— Um encontro com o rei de Hay?! Você acha que ele nos receberia?

— Não custa tentar… Acho que ele vai gostar de conhecer vocês.

— E será que ele vai nos devolver o livro?

— Isso eu também não posso garantir.

Ficamos ainda mais um tempo conversando com o Santiago. Ele nos falou das maravilhas de Hay-on-Wye. Localizada na fronteira do País de Gales com a Inglaterra, a cidade não ficava muito longe dali, mas ele nos aconselhou a reservar um hotel e dormir pelo menos uma noite por lá.

Chegando em casa, minha tia quis saber como tinha sido o nosso dia. Contamos das visitas, dos sebos e do Santiago, que nos dera outra pista sobre o livro.

— E para onde ele foi?

— Pra Hay-on-Wye, e nós também precisamos ir pra lá — arrisquei.

— Hay-on-Wye, no País de Gales?

— Isso!

— Nós ainda não conhecemos Hay-on-Wye… Poderíamos aproveitar a oportunidade… Quando querem ir?

— O mais rápido possível.

— Vou combinar com o seu tio. Pode ser depois de amanhã?

— Pode! — respondemos em coro, festejando.

Capítulo 22

A CIDADE DOS LIVROS

Na véspera da viagem, ficamos pelo bairro, almoçamos com a minha tia e passamos a tarde conversando com o John e fuçando nas estantes da biblioteca de North Finchley. Tentei achar algum livro sobre Hay-on-Wye, mas não encontrei. O John nunca tinha ido a Hay, mas sempre teve vontade de conhecer a cidade.

À noite, fiquei muito ansioso e foi difícil dormir. Ideias passavam pela minha cabeça, eu não sabia quando eram pensamentos da insônia ou pesadelos de sonos curtos, só sei que a figura de Richard Booth me perseguia. Ele aparecia e sumia; num momento estava conversando com a gente, animado — esse meu Richard falava português —, em outro, saía sem dar satisfação; as situações foram se alternando, até que ele desapareceu de vez. Procurei por todos os cantos, quando ouvi o toque de um telefone vindo de longe, segui o som e, no caminho, acordei — era o despertador do celular me avisando que já era hora de levantar. Enquanto arrumávamos as camas, contei o sonho pro Lipe. Ele disse que poderia ser premonição e propôs que a gente o interpretasse. Desconfio de sonhos premonitórios e, naquela hora, não tinha tempo de ficar interpretando nada, mas confesso que fiquei preocupado.

Começamos a nos organizar para sair. Teríamos que pegar o metrô na estação do bairro e seguir até a Euston; de lá, tomaríamos o trem pra Hereford, cidade da Inglaterra que faz divisa com o País de Gales; e, por fim, um ônibus pra Hay-on-Wye. Dizem que os ingleses perdem todas as batalhas, menos a última; confiantes nas pistas que tínhamos e já me sentindo um autêntico *London boy*, partimos para o que eu esperava ser nossa última e vitoriosa batalha. Foram mais de três horas de trem — com baldeação em Birmingham — até Hereford e mais uma hora de ônibus passando por campos com ovelhas e pequenas cidades, até chegarmos a Hay-on-Wye, a *Town of Books*.

Depois de almoçarmos, meus tios ficaram conversando com a dona do hotel enquanto o Lipe e eu, orientados por um mapa, seguimos para a Richard Booth Bookshop, a maior livraria da cidade. No primeiro balcão, nos apresentamos à vendedora e perguntei seu nome — Michelle. O Lipe falou que procurávamos pelo senhor Richard Booth. Ela ignorou o nosso pedido e disse, secamente: — *"may I help?"*. Senti que erramos na abordagem inicial; o Lipe também percebeu e tentou consertar:

— *Excuse me…* — recomeçou, explicando que viéramos do Brasil à procura de um livro muito importante para a gente e que, na Charing Cross, soubemos "que ele estaria com vocês". Ela perguntou qual era o livro; mostrei o bilhete e torci para que ela não pronunciasse o nome, pois, àquela altura, seria um abuso fazer tal recomendação. Ela quis saber se era um livro escrito em português; eu disse que sim e acrescentei:

— É autografado e, pelo que soubemos, está na coleção do Richard Booth.

— Nesse caso, precisaria perguntar pra ele — ela concluiu e eu resmunguei, baixinho, em português: "é o que estamos tentando fazer desde o início".

— E você pode falar com o senhor Richard Booth? — o Lipe perguntou.

— O senhor Booth está trabalhando em Hereford, mas deve voltar hoje à noite. Até quando vocês vão ficar em Hay?

— Até amanhã.

— Ele tem retornado muito cansado desse trabalho, mas vou perguntar... Vocês podem me deixar esta anotação?

O bilhete do seu Fernando tinha se transformado no nosso talismã, por isso hesitei antes de entregá-lo a ela, pois não me parecia tão disposta a nos ajudar. Quando cedi, resolvi apelar e, em tom de súplica, falando pausadamente, pedi:

— Precisamos de você, Michelle! Por favor, mostre para o senhor Richard Booth e diga que precisamos muito conversar com ele.

Acho que consegui comover a Michelle, pois pela primeira vez ela abriu um sorriso.

— Pode deixar, vou falar com ele. Voltem amanhã às dez da manhã.

Fomos embora mais esperançosos. Liguei para a minha tia, contei rapidamente como foi a nossa conversa na livraria e avisei que a gente ia aproveitar a tarde para conhecer os sebos de Hay. Com o mapa da cidade, traçamos o roteiro; seguimos pela mesma rua e entramos na Addyman Books.

Logo na entrada, escondida, vi uma edição antiga do *The Hound of the Baskervilles*, do Arthur Conan Doyle, e mostrei para o Lipe: "Olha o que eu encontrei!". Ele ficou entusiasmado e resolveu comprar:

— Já li em português, agora quero ler no original! — ele respondeu empolgado.

Eu disse que não tinha lido e pedi para ele me emprestar. Esse nosso diálogo foi num volume um pouco acima dos padrões do lugar. Uma vendedora, que depois descobrimos que era a gerente da loja e se chamava Paula, escutou toda a nossa conversa e, mesmo sem entender nada, veio conversar com a gente. Primeiro, perguntou de onde éramos

— Somos brasileiros — o Lipe respondeu.

— Ah! Quase não vejo brasileiros por aqui, ainda mais da idade de vocês.

O Lipe fez cara de misterioso, incorporou o Sherlock Holmes e disse:

— Viemos a Hay-on-Wye porque estamos perseguindo um livro!

— Que livro? — ela perguntou

— Um livro encantado... — o Lipe tentou explicar.

Ela ficou desconfiada e quis saber mais. Contamos toda a história, dizendo que as pistas indicavam que o livro estaria com o senhor Richard Booth e que tínhamos acabado de sair de sua livraria, mas não o encontramos.

— Voltaremos lá amanhã. Esperamos que o livro esteja com o rei de Hay e que ele nos devolva! — o Lipe concluiu.

A Paula compreendeu nosso problema e se mostrou disposta a nos ajudar. Disse que, se precisasse, conversaria com o senhor Booth, pois já tinha trabalhado na sua livraria e o conhecia muito bem. Ainda ficamos algum tempo por lá, circulando, olhando os livros e conversando com a Paula. A conversa estava boa, mas resolvemos continuar o nosso passeio.

— Qualquer problema com o rei de Hay, voltem aqui! — ela disse por fim, e nos despedimos.

Atraídos pelo nome, partimos para outra livraria. No caminho, o Lipe foi me contando trechos do *The Hound of the Baskervilles*, deu alguns *spoilers* e só parou porque, quando entramos na loja, fomos recebidos por uma moça sorridente e simpática. Ela nos cumprimentou — chamava-se Emma Balch — e quis saber quem éramos e de onde viemos.

— Meu nome é Heitor.

— O meu é Felipe. Viemos do Brasil.

— Sejam bem-vindos à The Story of Books!

— Por que a livraria tem esse nome? — perguntei.

— É uma longa história — ela avisou —, mas vou tentar resumir... — Emma contou que era uma empreendedora criativa, que trabalhou em algumas editoras e que a venda de livros sempre esteve na sua família. — Desde criança, de certa forma, vendo livros. — Também falou de suas lembranças do primeiro ano de escola, quando ficava rodeada pelas colegas, recomendando livros a elas; e que, mais tarde, ainda estudante, trabalhou na famosa livraria Blackwell, onde aprendeu os segredos de uma boa vendedora de livros. Depois, já formada, morou por oito anos em Buenos Aires, "a cidade com mais livrarias per capita do que qualquer outra no mundo". Com toda essa experiência, mudou-se em 2011 para Hay-on-Wye junto com o marido, o jornalista e escritor Oliver Balch. Lá, eles deram início ao projeto da The Story of Books.

— Nossa ideia é criar uma espécie de museu dinâmico. Além de ter a livraria, pretendemos publicar e contar as histórias dos livros. Queremos encontrar a alegria no sucesso dos outros, não apenas no nosso. Não acreditamos que, para alguns ganharem, outros devam perder. Quando a sociedade ganha, todos devem ganhar. Queremos fazer parte disso, pelo menos no nosso mercado. Para nós, isso significa atingir objetivos sociais, não só gerar lucro.

Senti que demos sorte ao entrar naquela livraria e dissemos a Emma que estávamos felizes em conhecê-la e que pensávamos como ela. No final, mais à vontade, contei o que viemos fazer em Hay e que estava escrevendo um livro sobre essa história.

— Que maravilha! Quando publicar, se puder, me mande um exemplar.

Ainda ficamos um tempo por lá e a Emma nos mostrou algumas preciosidades, como o livro de um poeta da Segunda Guerra Mundial, o Keith Douglas, e uma carta original, do próprio autor, dobrada dentro do exemplar. Outro título que nos chamou atenção contava a história do primeiro livro feito na Antártica, escrito, ilustrado e publicado durante uma das expedições do famoso explorador britânico Ernest Henry Shackleton. Esse livro fazia parte de uma edição limitada, impressa em tipografia e produzida numa antiga impressora Albion.

— Estamos planejando uma exposição para contar a história de como foi feita essa obra-prima, é fascinante! — ela comentou.

Nossa vontade era ficar mais com a Emma, mas queríamos conhecer outros sebos, então nos despedimos, agradecemos por sua história, anotamos seus contatos e saímos. Minha tia tinha ficado de ligar quando fosse a hora do jantar, mas, como ainda era cedo — pouco mais de seis da tarde —, aproveitamos para visitar outros sebos.

Fomos ao The King of Hay, que supusemos ser também do Richard Booth, mas estava fechado. Então seguimos pela mesma rua e, antes de encontrarmos a torre do relógio, chegamos à The Poetry Bookshop, a única livraria em todo o Reino Unido inteiramente dedicada à poesia. Assim que entramos, me lembrei do Touchê e da sua encomenda. Fucei as estantes, encontrei a seção de poesia contemporânea inglesa e, observando a ordem alfabética, cheguei à letra "M" e localizei as obras de "Mort, Helen", "uma das estrelas mais brilhantes na nova constelação de jovens poetas britânicos". Escolhi um exemplar do

Division Street, seu "livro de estreia, com poemas sobre os confrontos entre policiais e mineiros em greve e sobre os delicados conflitos nas relações pessoais", que li no texto de apresentação.

— Espero que o Touchê goste!

Pedi para embrulhar para presente:

— Vamos dar a um amigo brasileiro que também é poeta — contei ao livreiro, que sorriu e fez a embalagem com papel personalizado.

Depois, para variar, fomos conhecer um sebo de mapas antigos, o Mostlymaps. Logo na entrada, havia uma vitrine com documentos cartográficos que contavam a história do Reino Unido. Dentre eles, um pequeno mapa da Inglaterra, de antes da unificação do país, no século XI — como o Lipe fez questão de me explicar, exibindo seus conhecimentos de história britânica. Ao lado, um senhor que nos observava veio falar com a gente:

— Boa tarde.

— Boa tarde — respondemos.

— Esse mapa mostra a Heptarquia Inglesa — ele começou a explicar, bem melhor do que o Lipe —, o conjunto dos sete reinos saxões que dominaram a Inglaterra até a unificação no século XI, com invasão e ocupação lideradas pelo duque Guilherme II, da Normandia.

— Sim, estava explicando pra ele... — disse o Lipe, ainda mais exibido.

— E você, gostou do mapa?

— Gostei, muito bonito! — respondi, depois olhei para o interior da casa. — Essa loja me parece bem antiga!

— Acho que são os mapas que causam essa impressão, inauguramos a Mostlymaps, eu e minha mulher, Sally, em 1978. — Ele estendeu a mão para nos cumprimentar e se apresentou: — Meu nome é Kemeys Forwood, e o de vocês?

— Meu nome é Felipe.

— E o meu é Heitor, somos do Brasil. E você, é daqui mesmo?

— Não, nasci em Londres. Nós viemos para Hay-on-Wye em 1974 e, antes de abrir esta loja, fui trabalhar como comprador; viajava para os Estados Unidos atrás de ofertas de livros usados. Fui chefe de compras de Richard Booth.

— Você também conhece o Richard Booth?! — perguntei, espantado.

— Sim, trabalhei para o Richard quando ele começou a ampliar o seu negócio de livros de segunda mão, e hoje sou seu amigo. Por quê?

— Precisamos conversar com ele! — eu disse em tom dramático.

— Por quê? — ele insistiu.

— Viemos a Hay atrás de um livro — o Lipe começou a contar — que foi perdido no Brasil e pode estar com o senhor Booth, na sua coleção de livros autografados.

— Sim, o Richard agora está com essa mania.

— Pois é, já fomos à sua livraria, ele não estava, mas conversamos com uma vendedora que prometeu nos ajudar.

— E esse livro é importante pra vocês?

— Muito importante! — continuei em tom dramático.

O Lipe deu detalhes da vida do seu Fernando e falou da sua relação com a dona Maria Alice.

— Interessante — o Kemeys comentou, parecendo gostar da nossa história.

— Quando descobrimos que o livro foi trazido pra Inglaterra, quase desistimos, mas daí surgiu essa oportunidade…

— Amanhã cedo vou ligar para o Richard e, se o livro estiver com ele, vou pedir que entregue a vocês.

— Poxa, Kemeys, você faria isso por nós?! Muito obrigado!

O Kemeys ainda nos mostrou outros mapas pela loja antes de partirmos para o último sebo do dia.

A Haystacks Music & More, uma loja de música, tinha partituras, CDs, muitos livros sobre música e uma enorme seção de discos de vinil antigos — para onde corremos. O Lipe foi direto para as bandas britânicas dos anos 1960, de que ele aprendeu a gostar com seu pai: Led Zeppelin, Black Sabbath, Deep Purple, até chegar aos Beatles. Então tirou o *Rubber Soul* do caixote e pediu ao vendedor que colocasse para tocar a última faixa do lado A, "Michelle", o que ele fez meio a contragosto. O Lipe acompanhou a música de olhos fechados, cantando junto com o Paul, sob o olhar curioso do vendedor, que ao final elogiou a afinação e o gosto musical do meu amigo, acrescentando que o achava muito novo para gostar de Beatles.

— Meu pai é o culpado — o Lipe brincou.

— Olha, gostei desse seu pai — o vendedor comentou e riu.

Naquela hora, tocou meu celular; era a minha tia falando para a gente se encontrar ao lado da torre do relógio. O Lipe agradeceu pela "Michelle", o vendedor sorriu e nós nos despedimos.

Fomos jantar com meus tios no Blue Boar, um restaurante pequeno, com poucas mesas e uma comida bem gostosa. Eu, o Lipe e a minha tia comemos peixe assado; meu tio pediu uma moqueca e perguntou se a cozinheira era brasileira.

— Não somos tão exóticos — a garçonete respondeu sorrindo. Estranhei a resposta.

— Não parece, Heitor, mas foi um elogio — meu tio garantiu e eu acreditei.

Capítulo 23
O REI DE HAY

No dia seguinte, voltamos à livraria do Richard Booth:

— Bom dia, Michelle!

— Bom dia! Estão gostando de Hay?

— Estamos adorando! — o Lipe respondeu.

— Você conseguiu falar com o senhor Richard Booth? — já emendei.

— Vejo que estão muito interessados... Bom, na verdade eu consegui, ele vai atender vocês!

— Oba! — festejamos e abraçamos a Michelle que, meio acanhada, correspondeu. Assim que ela se recompôs, pediu que esperássemos quinze minutos e propôs que, enquanto isso, conhecêssemos a livraria. Eram dois amplos andares, com estantes cheias de livros do teto ao chão; não dava tempo de ver muita coisa e, além disso, a expectativa roubava toda a nossa atenção. Contamos os minutos até ela nos chamar.

— O senhor Booth já vai recebê-los, me acompanhem.

Seguimos por um corredor e, no final, ela indicou uma porta aberta. Ele estava sentado atrás de uma mesa, no meio da sala; ao fundo, estantes de livros cobriam toda a parede.

— Qual de vocês é o Heitor e qual é o Felipe?

— Eu sou Felipe e ele é o Heitor — o Lipe se antecipou nas apresentações.

— Como você sabe os nossos nomes? — perguntei.

— Vocês foram muito bem recomendados! Além da Michelle, meu amigo Kemeys Forwood me ligou hoje cedo.

Booth se levantou para nos cumprimentar e nos convidou a

sentar nas duas cadeiras que ficavam em frente à sua mesa.

— Essa é a sua coleção de livros autografados? — perguntei, apontando para as estantes e pensando que o livro encantado pudesse estar lá.

— Não — ele respondeu, depois de olhar rapidamente para trás. — Minha coleção está em lugar seguro; atualmente, é minha mais prazerosa ocupação. Kemeys diz que é mania, mas é muito mais que isso. Vocês têm ideia do que ela significa para mim?

— O que significa?

— Vou explicar, mas antes preciso contar uma história. — Booth falou dos seus tempos de universidade, de quando estudava História em Oxford, no fim dos anos 1950, e passou a se interessar pelo comércio de livros de segunda mão, frequentando os sebos da cidade. Assim que terminou a faculdade, abriu sua primeira livraria em Hay, a Old Fire Station, em 1962. — Vivo aqui há muito tempo. Quando era criança, minha família herdou uma propriedade em Brynmelyn e nos mudamos para esta região.

Richard Booth continuou falando. No início, eu estava desatento; vi o bilhete do seu Fernando sobre a mesa, sob um peso de papel, e pensei em interrompê-lo e perguntar do livro, mas logo fiquei tão interessado pela história que acabei deixando nossa investigação para o final.

— Abri outras lojas e comecei a construir meu estoque; comprei bibliotecas inteiras, de várias famílias do Reino Unido e, depois, viajei para os Estados Unidos e arrematei toneladas de livros de universidades e instituições públicas — despachava-os em contêineres. Comprava de tudo; para cada livro, sempre há um comprador. Nessa época, o Kemeys trabalhava comigo... Então outros comerciantes seguiram meu exemplo, abrindo suas próprias livrarias. Até que, no final dos anos 1980, Hay-on-Wye, com uma população de menos de dois mil habitantes, tinha mais de trinta livrarias. A Richard Booth Bookshop fez muito sucesso, mas infelizmente tive que vendê-la.

— Você vendeu a sua livraria?! Como?! Por quê?!

— Herdei uma fortuna, fiz duas e perdi quatro. Hoje ela pertence à Elizabeth Haycox, uma investidora norte-americana.

— Mas ela ainda tem seu nome.

— A Elizabeth decidiu manter, afinal, Richard Booth é uma marca; mas a livraria não é mais minha. Ocupo, provisoriamente, esta sala e hoje tenho apenas uma pequena loja na cidade, a The King of Hay, onde vendo adereços reais, jornais e livros.

— Nós passamos por ela ontem, estava fechada — o Lipe se lembrou.

— Estou fazendo um inventário do acervo, por isso fechei a loja por uma semana.

— E essa brincadeira de você ser o rei de Hay? — perguntei.

— Não é brincadeira, sou o rei de Hay! — ele respondeu rispidamente. Fiquei assustado, mas logo ele sorriu e continuou: — No dia 1º de abril de 1977, proclamei Hay-on-Wye reino independente da Grã-Bretanha e fui coroado. Nesse dia havia vinte jornalistas na cidade — na verdade, eles procuravam pela estrela pop Marianne Faithfull, que também tinha sido namorada de Mick Jagger e estava por aqui. Sabendo disso, aproveitei a oportunidade e me vesti a caráter. Usei uma coroa de folha de estanho e uma capa de arminho com insígnias douradas e, para chamar atenção, estacionei o meu Rolls Royce em frente ao castelo onde morava — confesso que ele estava em ruínas, mas ainda era um castelo — e todos se aproximaram. Fui até a entrada da cidade e fiz o caminho de volta. Enquanto isso, um barco a remo da Marinha descia o rio Wye e um biplano da Força Aérea sobrevoava o céu da cidade. Toda imprensa nacional noticiou. Depois organizei o meu reinado, nomeei meu cavalo como primeiro-ministro, proclamei duquesa minha amiga e modelo April Ashley, emiti passaportes, imprimi papel-moeda de arroz e enchi meu gabinete de amigos. Me digam se não sou um rei!

— Um rei legítimo! — concordei com ele.

— Não sou monarquista, sou anarquista, mas invoquei o direito divino dos reis como contraponto ao direito reivindicado pelos cidadãos. No meu reinado, quase todos na cidade puderam ter um cargo, meus amigos do The Rose and Crown montaram um gabinete, vendi títulos a quem desejasse ser duque ou conde, meus súditos eram agraciados aleatoriamente, condecorei dois meninos e proclamei uma mulher rainha da sua rua.

Richard Booth continuou, cada vez mais empolgado:

— Os burocratas do governo não tinham ideia de como fazer uma cidade como Hay prosperar. Tudo que inventaram — cadeias de motéis que empregavam mão de obra escrava, parques temáticos, supermercados que vendiam comida ruim e insossa — fracassou, pois as vozes locais não eram ouvidas. Como resposta, devolvemos a cidade aos talentos e ao bom senso de seus cidadãos, e os livros foram apenas o começo, um meio para fazer com que Hay se erguesse, orgulhosamente, sobre seus próprios pés, livre das algemas do Conselho Municipal inútil, do Conselho de Turismo e do Conselho de Desenvolvimento Rural do País de Gales. Com livros e liberdade, Hay prosperou, tornando-se modelo de renascimento para as cidades rurais decadentes do mundo. Todos sabem que resisti ao Hay Festival, o festival literário que começou em 1988 e, durante dez dias, atrai multidões — em média, 250 mil visitantes. Embora só ocorra uma vez por ano e não seja capaz de sustentar a cidade, reconheço que ele ajudou a projetar o nome de Hay, transformando-a na Cidade do Livro e servindo de exemplo. A Liz Calder, editora inglesa que morou no Brasil, tomou o Hay Festival como modelo para idealizar a Flip, na cidade de Paraty.

De repente, Richard Booth ficou em silêncio, pôs a mão no peito, respirou fundo, olhou para o bilhete que estava sobre a mesa e disse:

— Já chego lá!

Perguntamos se estava tudo bem. Ele respondeu que sim e continuou:

— Depois de Hay-on-Wye, outras cidades também foram transformadas pelo livro e receberam o título de Book Town. Algumas, orientei pessoalmente, como Montolieu, na França, onde inclusive abri algumas lojas. Também dei consultoria para Bredevoort, na Holanda; Becherel, na região da Bretanha; Fontenoy-la-Joute, no leste da França; Saint-Pierre-de-Clages, na Suíça; Fjærland, na Noruega; e Waldstadt-Wünsdorf, no leste da Alemanha. Há outras cidades literárias, como Paju, na Coreia do Sul; Redu, na Bélgica; Sysmä, na Finlândia; Borrby, na Suécia; e Óbidos, em Portugal. Todas fazem parte de uma organização internacional da qual sou presidente honorário. Também houve tentativas, na década de 1960, de instalar cidades dos livros nos Estados Unidos — em Catskill, no Estado de Nova York, e na Filadélfia. No entanto, foi apenas na década de 1990 que a febre se espalhou pela América do Norte, chegando a Stillwater, em Minnesota; Archer City, no Texas; e Gold Cities Book Town, na Califórnia. Bom, agora vou falar da minha coleção de livros autografados... — ele disse por fim, apontando o bilhete do seu Fernando.

Até que enfim, pensei. Mas não disse nada — primeiro por educação, depois por estar adorando a história do rei de Hay.

— Não guardo livros, sou um comerciante, para mim livro é um produto que compro e vendo, exceto os que ganhei de presente, sobretudo os autografados. Esses guardei com carinho e, com o tempo, se transformaram numa coleção. Na minha última mudança, enquanto os encaixotava, fui relendo trechos, pensando em seus autores, analisando as dedicatórias — algumas carinhosas, com brincadeiras e intimidades, outras respeitosas ou protocolares — e cheguei a algumas conclusões. Percebi que o autógrafo cria uma nova identidade ao objeto livro, pois revela vínculos já existentes e conta histórias para além das histórias do livro; em geral, tendo como personagens principais o autor e o leitor. Então capturei as histórias dos autógrafos de alguns desses meus livros guardados, me inspirei em anotações que fiz e trechos que sublinhei, acrescentei um pouco de ficção e comecei a escrever. São narrativas curtas, com as histórias de cada um dos meus livros autografados.

— E o senhor pretende publicar essas histórias? — o Lipe perguntou.

— Sim, quando terminar, quero publicar, mas ainda estou no meio do projeto. O livro vai ter duas partes: a primeira já está quase toda escrita, são as histórias de alguns livros da minha própria coleção; já a segunda, com histórias de livros autografados para outras pessoas, está na fase de coleta. Para isso, tenho tido a ajuda de amigos em Londres. Eles me avisam sempre que encontram um livro com as características que procuro. Esse de vocês, por exemplo — pegou o bilhete do seu Fernando e continuou —, foi um amigo da Charing Cross, que lê português, quem me indicou. Ele me contou uma parte da história, falou dos trechos sublinhados e do que diz a dedicatória do autor. Ele já foi aprovado numa primeira seleção, mas tem a minha limitação com o idioma, não entendo nada de português.

— Então o nosso livro está com você?! — perguntei.

— Pensei que essa etapa já tivéssemos superado. Claro que está.

Minha vontade foi a de pular, abraçar o Lipe e festejar. Encontramos o livro encantado! Mas preferi me comportar, já que ainda não sabíamos se ele nos devolveria o livro — fiquei quieto, explodindo por dentro e observando os seus movimentos; o Lipe também não disse nada. Já Richard Booth me passou o bilhete e foi se afastando, devagar, sentado em sua cadeira de rodinhas, até parar, se curvar, abrir uma gaveta, pegar um envelope e me entregar.

— Obrigado! — Agradeci sem saber se era mesmo o livro do seu Fernando e se o teríamos de volta. Retirei o livro do envelope, olhei a capa e conferi: era o livro encantado! Abri na página de rosto e li, em voz alta, a dedicatória:

> "Para Maria Alice! Agradeço por emprestar este livro ao Fernando e a mim, à história de vocês. Espero que tenham se encontrado nele, não só como leitores atentos que são, mas também como personagens. E que este livro siga encontrando outros leitores-personagens, tão atentos e generosos quanto vocês. Com esperança e afeto (...)"

O Lipe fez a tradução simultânea. Em seguida, expliquei que, se fosse escrita a outra história daquele livro, haveria três personagens principais, dois leitores e um autor, e que, se ele quisesse, eu o ajudaria a escrever. O rei de Hay agradeceu e perguntou:

— Quem é Fernando?

— Foi quem perdeu o livro.

— E Maria Alice?

— A dona do livro.

Comecei a contar, com o auxílio do Lipe, a história do encantado: destaquei a parte romântica, carregando na emoção, e afirmei, mesmo sem ter muita certeza, que a felicidade dos dois dependia daquele livro.

— Bela história! — ele comentou, me parecendo emocionado.

— Você quer escrevê-la? — perguntei.

— Não, essa é de vocês. Escrevam a história e levem o livro para o Fernando!

— Vamos escrever... Saindo daqui já vou enviar uma mensagem pra dar a notícia a ele. Obrigado!

Pulamos por cima da mesa e abraçamos o Richard. Depois, tivemos que sair da sala rapidamente, pois ele ainda teria uma reunião e precisava se "recompor", como nos confidenciou.

Na saída, passamos pelo balcão da Michelle, mostramos o livro, agradecemos e dissemos que, sem a ajuda dela, nós não conseguiríamos. Nos despedimos e fomos embora, mas, quando chegamos à porta, o Lipe se virou, olhou para dentro da loja e gritou:

— *MICHELLE, MA BELLE!* — Acenou, suspendeu o livro e, com o braço estendido, marcou o ritmo e cantou bem alto: — *Michelle... I love you, I love you, I love you / That's all I want to say"*.

Ela deu uma gargalhada e jogou um beijo para o meu amigo.

Capítulo 24

ODEIO DESPEDIDAS

Assim que deixamos a livraria, escrevi um perfil do Richard Booth e mandei para o grupo, junto com a notícia. A turma festejou, mas contou que os boatos sobre a cassação da nossa chapa cresceram e que o protesto estava confirmado. Também enviei o perfil e a notícia para o seu Fernando; ele ficou muito feliz, disse que conhecia o rei de Hay e que, numa próxima oportunidade, contaria a sua história com ele.

Depois, fomos à Mostlymaps para agradecer ao Kemeys, e à Addyman, informar à Paula; em seguida, mostramos o livro e contamos nossa aventura aos meus tios. Também liguei para dar a notícia à minha mãe. Antes de voltar ao hotel, caminhamos pela cidade, passeamos pela área rural e atravessamos a ponte sobre o rio Wye. Naquele mesmo dia, retornamos a Londres. Era tarde quando chegamos em casa, mas ainda deu tempo de ligar para a Lia — o fuso horário facilitava nossas conversas noturnas; disse que estava com saudades e que logo estaria de volta. Quando finalmente apaguei a luz do quarto para dormir, o Lipe já tinha pegado no sono fazia tempo.

No dia seguinte, fomos tomar o café da manhã com a minha tia.

— Quais são os planos de vocês para hoje?

— Vamos voltar à Charing Cross e comprar umas encomendas.

— E amanhã?

— Ainda não sabemos.

— Acho melhor arranjarem algum passeio pelo bairro mesmo.

Com a ajuda dela, organizamos a agenda dos dois últimos dias. Terminado o café, fomos à Charing Cross, direto à livraria do Santiago.

— Bom dia, rapazes! Localizaram o livro?

— Localizamos! Estava com o Richard Booth.

— Não disse?! E ele recebeu vocês?

— Recebeu, contou um monte de histórias e devolveu o livro pra gente!

— Que maravilha! Fico feliz que tenha dado tudo certo.

Dissemos que, se não fosse por ele, nunca saberíamos onde o livro estava. Também contamos como foi a nossa conversa com o rei de Hay e aproveitamos pra ver se ele tinha alguma das nossas encomendas; além do pedido do Paulo, que ele tinha separado para a gente, comprei o *First Class Murder*, primeiro livro da série juvenil inglesa *Murder Most Unladylike*, sucesso da escritora Robin Stevens. Na saída, o Santiago disse que já tinha começado a ler o *Memórias póstumas* e estava adorando.

Seguimos nosso passeio pela Charing Cross, entrando em outros sebos até acharmos a encomenda do Marcos. Depois, fomos à Tottenham Court Road e entramos na Paperchase. Eu procurava um presente para a Lia e encontrei uma agenda bem bonita, com a marca daquela papelaria famosa; também comprei um guia de clubes de leitura, o Book Bucket List, e diversos bloquinhos de anotação.

No outro dia — nosso último em Londres —, acordamos, arrumamos as malas e saímos para almoçar com os meus tios. No caminho, avisamos o grupo sobre a nossa volta e o Touchê já quis marcar o horário da nossa próxima reunião. Assim que chegamos no restaurante, o Lipe conferiu o cardápio e pediu um *fish and chips* — disse que queria provar a mais típica comida do Reino Unido; meu tio confirmou a informação e acrescentou:

— Antigamente, era servido embrulhado em papel de jornal.

Eu fiquei curioso: experimentei, gostei e recomendo.

À tarde, fomos à biblioteca do bairro nos despedir do John e contar a nossa experiência em Hay-on-Wye. À noite, tomamos um lanche em casa e fomos para o aeroporto de Heathrow.

Odeio despedidas e esse foi o tom daquela nossa conversa. Confesso que, por várias vezes, no aeroporto, tentei agradecer aos meus tios e dizer o quanto aquela viagem tinha sido importante para mim, mas, quando começava a falar, a garganta se fechava, um choro se armava e eu travava. Resolvi improvisar, dei um abraço bem apertado neles e espero assim ter transmitido toda a minha gratidão. Finalmente o nosso voo foi chamado e, depois de doze horas de viagem, chegamos a Guarulhos.

Capítulo 25

A OUTRA VIAGEM

Como é bom voltar para casa! Foi o que pensei quando vi minha mãe no aeroporto; e olha que só ficamos três semanas fora, mas me pareceram muito mais. Minha sensação era a de que eu não a via há anos, pois, apesar das trocas de mensagens e de alguns telefonemas, me desliguei completamente da minha família. Cheio de saudades, corri para abraçá-la; ela também correu, puxou o Lipe e nós demos um abraço a três. Confesso que fiquei com vergonha da cena exagerada, mas deixei para lá, minha mãe estava feliz, nós também, era o que importava.

No caminho de casa, apesar da distância, não houve tempo de fazer um relatório da viagem. Falei um pouco da biblioteca britânica e da aventura que foi encontrar o livro encantado, e contamos a nossa conversa com o Richard Booth: "Seu pai ficou muito entusiasmado com essa história e quer saber tudo sobre o rei de Hay".

Antes de chegarmos em casa, deixamos o Lipe.

— Amanhã passo na sua casa às três e meia pra gente ir pra reunião.

— Beleza, mas falta definir o local.

— Vai ser na biblioteca.

— Na nossa?

— Isso, avisaram lá no grupo.

— Mas ela não está fechada?

— Reabriu esta semana.

— Legal, combinado!

Chegamos em casa, joguei a mochila em um canto, a mala em outro, e escrevi uma mensagem para a Lia: "Cheguei e quero te ver!". Também li a conversa do grupo, confirmando o local da reunião, e avisei que já estava na área. Enquanto respondia ao meu pai, que saudava o meu retorno e avisava que voltaria às oito, chegou a resposta da Lia: "Estou em casa, vem pra cá!", com uma carinha piscando, um beijo e um coração pulsante. Peguei o presente dela e fui correndo!

— Vou ali e já volto — gritei para a minha mãe.

— Vê se não demora.

— Pode deixar...

Em menos de dez minutos, estava em frente à casa da Lia. O portão estava aberto, então toquei a campainha, corri pela garagem e esperei próximo à porta; fiquei agachado, em silêncio, enquanto ouvia os ruídos da chave na fechadura. Quando a porta se abriu, me levantei e gritei:

— BUUU!

Não era a Lia, era a mãe dela, que riu, me cumprimentou e perguntou como tinha sido a viagem. Por sorte, não tive tempo de passar vergonha; ela disse que depois ia querer saber de tudo, mas estava com pressa. Me pôs sentado na sala e me pediu para aguardar, que a Lia logo viria.

— Lia, o Heitor chegou!

— Fala pra ele esperar que já desço!

Ela desceu, linda, me deu um beijo no rosto e um abraço apertado. Reconheci seu perfume e cochichei no seu ouvido:

— Senti sua falta!

— Também senti a sua! — e apertamos ainda mais o nosso abraço, até a mãe dela entrar na sala e se despedir.

— Trouxe um presente pra você! — eu disse meio sem jeito, entregando o embrulho a ela.

— Que agenda linda! É da Paperchase!

— Que bom que você gostou! Ainda usa agendas de papel?

— Uso, e com essa vou me lembrar todo dia de você — disse sorrindo e me deu uma piscada.

— Foi a minha intenção — brinquei, sorrindo e tentando devolver a piscada.

A Lia riu do meu mal jeito, me deu outro abraço e o beijo que eu esperava por quase um mês.

Ainda fiquei um tempão na casa da Lia, conversando. Enquanto descrevia as cenas da viagem em detalhes, ela reagia admirada e cheia de interesse, numas vezes mais, noutras menos, e ficou um pouco desatenta em alguns momentos. Observei suas reações e, quando retomei a escrita do livro, percebi o quanto essa nossa conversa tinha me ajudado a encontrar a melhor forma de contar essa história — foi como um ensaio. A Lia foi minha leitora crítica, antes mesmo do livro ser escrito; sem perceber, a Lia me ajudou, ela sempre me ajuda! Minha vontade era ficar conversando com ela até tarde, mas já passava das oito e eu precisava voltar para casa.

— Vem cá, meu filho, me dá um abraço e conta tudo da viagem! — Abracei meu pai, estava com saudade dele também. — Vi as fotos que você mandou. Lugares bonitos e fotos muito bem tiradas, parabéns.

— Obrigado!

— Conseguiu se virar no inglês ou ficou o tempo todo na cola do Felipe?

— No começo, fiquei na dependência dele, mas depois fui me soltando.

— E como foi?

— Conta pro seu pai daquele seu passeio na British Library. — Aproveitei a deixa da minha mãe, comecei a contar toda a viagem, e mostrei o livro encantado. Quando cheguei na parte de Hay-on-Wye, meu pai revelou o motivo do seu interesse pelo rei de Hay:

— Quero propor essa pauta pra revista... Você tem o contato do Richard Booth? Estou pensando em entrevistá-lo.

— Dele mesmo, não tenho, mas peguei o contato de outros que podem passar o recado.

— Ótimo, mas antes preciso confirmar a pauta. Não vou acionar um rei sem ter certeza da entrevista. Agora me conta, com toda essa história acontecendo, seu livro vai ficar maravilhoso, não vai?

— Pois é, a vida tem me ajudado.

— Está avançando na escrita? Não pode perder o ritmo.

— Estou, todo dia escrevo um pouco ou pelo menos faço algumas anotações.

— E a parte política, como está?

Contei que a nossa chapa podia ser cassada, falei do protesto que estamos organizando e saí caminhando para a cozinha, para comer alguma coisa e começar a me preparar para dormir.

— Espera, filho, temos um problema pra resolver... O seu Fernando quer que toda a sua turma vá ao Rio de Janeiro levar o livro encantado. Ele vai pagar as passagens e quer que fiquem hospedados na casa dele.

— Que legal, pai! Mas vai ficar muito cara essa despesa.

— Foi o que eu falei, mas ele disse que precisa recompensar vocês.

— Sim, ele prometeu uma recompensa.

— E você acha que os pais dos seus amigos autorizariam?

— Você autorizaria?

— Combinando direitinho, posso autorizar.

— Então vamos combinar direitinho com todos os pais. Pode deixar que vou dar um jeito; o que não podemos é perder essa viagem.

— Foi o que o seu Fernando disse: "Deixa o Heitor resolver. Quem conseguiu encontrar um livro perdido do outro lado do oceano não vai ser capaz de organizar uma simples excursão ao Rio de Janeiro?".

— Deixa comigo, pai, não vou perder essa excursão por nada desse mundo!

Terminada a conversa, tomei um lanche, fui para o quarto e mandei mensagem para o Lipe falando da excursão. Depois, começei a desarrumar a mala, mas acabei caindo no sono antes de terminar. No dia seguinte, quando acordei, meus pais já tinham saído. Aproveitei que estava sozinho em casa para separar as anotações da viagem e fazer um plano para a próxima; também vi a pauta do Touchê no grupo e pensei em informar a turma sobre a excursão, mas preferi conversar com o Lipe antes. Almocei e, às três e meia, meu amigo me chamou — peguei o livro encantado, as encomendas e saí.

— E aí, tava com saudades de mim?

— Saudades? Vai pensando… Precisava de um mês de folga da sua cara, pelo menos! Mas, enquanto esse mês não chega, temos que resolver outro assunto.

— O quê?

— Você viu a mensagem que eu te mandei?

— Vi, mas não entendi nada… Que história é essa de excursão pro Rio?

— O seu Fernando quer que a gente vá pra lá levar o livro e fique hospedado na casa dele. Ele vai pagar as passagens de toda a turma!

— Que da hora, Le, outra viagem!

— Pois é, mas essa temos que organizar direitinho, senão não rola.

Capítulo 26
DE VOLTA À BIBLIOTECA

Chegando à biblioteca, cumprimentamos o bibliotecário William, que avisou que já tinha um pessoal na área externa nos esperando. As meninas ainda não tinham chegado, mas já pudemos abraçar e matar as saudades dos nossos amigos.

— E aí, viram a rainha? — o Pessoa perguntou.

— Não, a rainha não vimos, mas vimos o rei e até conversamos com ele.

— Esse rei não vale, é de araque! — disse o Paulo, fazendo pouco caso do nosso rei.

— Que rei é esse? — perguntou o Pessoa, que nunca consegue acompanhar as mensagens do grupo e acaba perdendo as histórias.

— Pelo menos você sabe que já recuperamos o livro do seu Fernando?

— Que, inclusive, está aqui comigo! — afirmei, e, enquanto abria a mochila, o Pessoa continuou sendo bombardeado.

— Só falta ele perguntar agora quem é o seu Fernando...

— O seu Fernando eu sei quem é, e também sei que a gente encontrou o livro. Só não sabia que tinha rei nesta história.

— Depois eu te explico... Agora mostra o livro, estou curioso — pediu o Marcos.

Passei o livro encantado para ele e comecei a distribuir as encomendas:

— Paulo, o seu David Copperfield!

— Poxa, Le, obrigado! Quanto foi?

— Deixa, depois a gente vê isso. Touchê, sua Helen Mort!

— Que embalagem bonita, um dia quero conhecer essa livraria… — Quando ele abriu o embrulho, exclamou: — Uau, esse é o primeiro dela! Obrigado!

— Marcos, a HQ que você tanto queria!

— Vocês conseguiram um Dave Gibbons original, valeu mesmo!

— E o que você achou do encantado? — perguntei.

— Pela dedicatória, estou começando a entender essa história… Você vai ler?

— Não. Ler esse livro agora atrapalharia a nossa história. Vou deixar pro final.

— Você tem razão, é arriscado ler agora.

O Marcos ainda expôs suas impressões sobre a qualidade gráfica da obra, disse que adorou as ilustrações e pôs o livro na roda. Então chegaram as meninas.

— É esse o encantado?! Deixa eu ver! — a Lilian furou a fila e tomou o livro das mãos do Plínio. Foi direto à dedicatória e deu sua opinião: — Ninguém me tira da cabeça que o seu Fernando é apaixonado pela dona Maria Alice!

— Quer saber? Nem da minha — concordei com a Lilian.

O livro circulou, cada um deu seu parecer, mas numa coisa todos estavam de acordo: o seu Fernando era apaixonado pela dona Maria Alice e o livro encantado promoveria o encontro dos dois. Só faltava um detalhe:

— Como vamos fazer pra devolver pra ele, alguém tem alguma ideia? Mandar pelo correio não tem graça… — A Kátia levantou um problema para o qual eu já tinha a solução, ou pelo menos uma proposta.

— Eu tenho uma resposta pra essa questão e quero colocar na

pauta, mas antes temos que conversar sobre o ato da segunda. Foi pra isso que chamamos a reunião, não foi, Touchê?

— Sim, mas já está quase tudo encaminhado, só temos que dar alguns informes. O que você acha, Plínio?

— Da minha parte, só preciso falar da estrutura.

— Ok, então vamos começar...

— Espera, antes queria perguntar uma coisa. De quem foi a ideia de fazer a reunião aqui? — eu quis saber.

— Foi minha. Por que, você não gostou? — o Touchê perguntou.

— Ao contrário, adorei!

— Quando soube que a biblioteca tinha sido reaberta, não tive dúvida: consultei a turma, falei com o William e fiz a reserva.

— Este lugar só traz boas recordações; e pensar que poderia não existir mais...

— E, se hoje existe, também é graças à nossa luta! — o Plínio fez questão de lembrar. — Pra vocês verem que nem sempre eles ganham. Por isso não devemos desanimar. Agora, nossa luta é contra o golpe!

— Não vai ter golpe! — o Paulo puxou o coro. — Não vai ter golpe! Não vai ter golpe!

— Bem, depois dessa injeção de ânimo, vamos prosseguir — disse o Touchê, que examinou suas anotações, voltou à pauta e começou pelo pior: — Sinto informar, mas nossa chapa foi mesmo cassada; tentamos recorrer, mas não teve jeito, estamos fora da eleição.

— Então não vai servir pra nada a manifestação.

— Claro que vai, Lilian, não podemos desistir! — tentei motivar nossa amiga. — A luta continua, companheira. No mínimo, temos que denunciar o golpe.

— O Le tem razão, Lilian — a Kátia tentou me ajudar. — Temos que dizer o que a gente pensa dessa atitude da diretora.

— E denunciar, sempre, todo tipo de injustiça! — bradou a Lia, indignada.

— Então, vamos voltar à pauta… — disse o Touchê, retomando sua fala. — O ato vai acontecer na hora do recreio e será surpresa. Vamos assistir às duas primeiras aulas normalmente e, assim que tocar o sinal, sairemos pra rua. O carro de som já vai estar nos esperando!

— Carro de som?! — reagimos espantados.

— Sim, conseguimos um carro de som. O Plínio pode explicar melhor.

— Essa é a estrutura a que me referi, falei com o João Gabriel e ele vai emprestar o carro de som do sindicato.

— O João Gabriel, o bibliotecário?!

— Esse mesmo!

— O João Gabriel teve um papel tão importante na outra história — recordou o Lipe —, tinha que aparecer nesta também.

— Pensei em chamá-lo, mas não consegui falar com ele. Que bom, Plínio, que você trouxe o nosso amigo de volta.

No final, o Touchê distribuiu as tarefas do ato, encerrou a primeira parte da reunião e me passou a palavra. Então comecei a responder à pergunta da Kátia e falei do convite do seu Fernando, que seria a nossa recompensa. A Lilian, desanimada, pediu a palavra, achando que essa viagem não daria certo:

— Meus pais podem até deixar eu ir, já fui diversas vezes pro Rio, mas você acha que a gente vai conseguir a autorização de todos os pais?

— A Lilian tem razão — o Plínio concordou.

— Calma que eu tenho um plano — reagi, antes que o desânimo contaminasse a turma toda. — Vamos formar um grupo de trabalho pra organizar as tarefas. Precisamos convidar um adulto pra nos acompanhar na viagem e montar uma comissão responsável pelas visitas de convencimento às nossas famílias.

Proposta aprovada, começamos a eleger os nomes. O grupo de trabalho ficou composto por mim, o Lipe, a Lia e a Kátia. A Lia sugeriu que a mãe dela nos acompanhasse. A princípio o Paulo discordou, disse que seria "mó empata"; a Lia ficou ofendida e quis saber por quê.

— Você e o Le nem vão poder namorar sossegados.

— Pode ficar tranquilo, pra isso a gente dá um jeito — disse ela, piscando para mim.

Nesse caso, concordei com o nome da mãe da Lia, que foi eleita. Por último, só faltava escolher a comissão das visitas de convencimento, mas o Lipe disse que poderia ser o próprio grupo de trabalho e nós concordamos. Criamos uma agenda e encerramos a nossa reunião.

Aquele final de semana de fim de férias foi só de preguiça. Na segunda, acordei atrasado e, quando levantei, vi a mensagem do Lipe avisando que já tinha ido para a escola — peguei minha mochila e fui sozinho. Quando cheguei, a professora de História já estava na sala; enquanto ela fazia a chamada, pensei em falar sobre o ato — a Mirtes era de confiança —, mas consultei o Plinio e ele achou melhor não falar nada. A segunda aula foi de Inglês e nós estudamos tempos verbais. Senti que, depois de passar pelos apuros da viagem, tinha ficado mais fácil compreender a matéria; lembrei das minhas dificuldades em fazer perguntas, procurando conjugar os verbos corretamente e acertar na pronúncia. Hoje acho graça, mas lá sofri bastante. Com essa lembrança, acompanhei a aula e nem vi o tempo passar, quando, de repente, tocou o sinal do recreio: triiii triiii triiii.

Capítulo 27

NÃO VAI TER GOLPE, VAI TER EXCURSÃO

Guardamos rapidamente o material nas mochilas, fomos para o fundo da sala, demos as mãos e saímos. Passamos pela sala das meninas e seguimos pelos corredores, sempre de mãos dadas, como numa grande corrente, gritando em coro:

— Não vai ter golpe! Não vai ter golpe!

Outros colegas, mesmo sem saber direito do que se tratava, se juntaram a nós:

— Não vai ter golpe! Não vai ter golpe!

Fomos apertando o passo, aumentando a corrente e marcando o ritmo, até chegarmos ao portão de saída. O João Gabriel já estava lá fora, ao lado do carro de som, de microfone na mão e, assim que nos viu, ele também passou a entoar as palavras de ordem, agora amplificadas:

— NÃO VAI TER GOLPE! NÃO VAI TER GOLPE!

Abraçamos o nosso amigo e cercamos o carro. Conseguimos arrastar mais de duzentos alunos conosco; outros se aproximaram, o ato cresceu e nós fechamos a rua. O João foi o primeiro a falar:

— Muitos de vocês devem estar assustados com esta manifestação. Não é todo dia que aparece um carro de som em frente ao colégio. Vou explicar tudo, mas antes quero me apresentar. Meu nome é João Gabriel, fui, durante muito tempo, o bibliotecário do bairro — sei que alguns sabem quem sou, estou vendo muitas caras conhecidas por aqui — e hoje sou diretor de um sindicato. Muito bem, feita a apresentação, vamos aos fatos. Quando soube que a turma dos meninos — e meninas — da biblioteca estava participando de outra luta política e sofrendo injustiças, ofereci ajuda, pois tenho um compromisso histórico com esses meus companheiros e companheiras de luta. Enquanto disputavam uma eleição limpa, concorrendo para a direção do grêmio em uma chapa legalmente inscrita, fiquei como simples observador, torcendo à distância. Entretanto, quando soube que estavam sendo vítimas de *lawfare*, de uma guerra jurídica, fiz questão de participar e denunciar esse golpe. Eles são os favoritos, mas, como não agradam à direção da escola, armaram um artifício para tirá-los do pleito. Não há nada no regimento que impeça um aluno com advertência de participar da eleição. Se formos mais a fundo e verificarmos qual foi o motivo de tal advertência, a injustiça fica ainda mais escandalosa. O Antonio Carlos, conhecido por todos nós como Touchê, que é vice-presidente da chapa, foi advertido por fazer poesia em sala de aula. Imaginem vocês, o crime do Touchê é ser poeta! E tem mais. Apesar da advertência, ele foi perdoado e seu poema, elogiado pelo diretor, o professor Athos — educador justo, que se aposentou e vai deixar saudade. Não sabemos ainda quais serão os efeitos deste protesto. Tentamos marcar audiência com a diretora, a professora Maria Aparecida, mas ela não quis nos receber, está irredutível; ela disse que "a chapa Seremos Resistência está fora desta eleição e ponto final". De qualquer forma, aconteça o que acontecer, vamos continuar lutando. Afinal, não somos resistência? A nossa luta continua, companheiras e companheiros! ATÉ A VITÓRIA!

Ele concluiu seu discurso com o braço direito erguido e o punho cerrado. Ao seu lado, repeti o gesto e o grito, sendo seguido por parte dos presentes:

— ATÉ A VITÓRIA! ATÉ A VITÓRIA!

Ainda discursamos o Plínio e eu, o Touchê não quis falar; ético, ele disse que seria como advogar em causa própria. O Plínio defendeu que o grêmio tinha que exigir a participação dos alunos em todos os debates e também na gestão da escola, "pois só assim, iríamos garantir e ampliar as conquistas que já tivemos". Eu falei dos nossos projetos em relação ao livro e à leitura e que precisávamos aproximar nossa escola da biblioteca do bairro e de outros espaços de leitura. Quando encerrava minha fala, ouvi um barulho de sirene. A Cidinha tinha chamado a ronda escolar! Os homens chegaram gritando, tentando nos intimidar. No meio da confusão, cada um correndo para um lado, eles foram pra cima do Paulo. Meu amigo já tinha me falado dessas abordagens, de como ele e outras pessoas negras são tratadas com violência pela polícia, mas eu nunca tinha presenciado. Assustados e com medo de que o Paulo se rebelasse e enfrentasse os policiais, nós o cercamos e corremos para o colégio de mãos dadas, formando um cordão de isolamento. O João recolheu o carro de som, mas, felizmente, já tínhamos dado o nosso recado.

Naquele dia, a diretora suspendeu as últimas aulas do turno da manhã, dispensou os alunos e convocou os professores para avaliar o nosso comportamento. Era sinal de que o protesto teve algum efeito, só não sabíamos, ainda, se positivo ou negativo — tudo ia depender do resultado daquela reunião. A Mirtes estava do nosso lado, assim como a Magnólia, mas, sem maioria do corpo docente, seria difícil mudar a decisão da Cidinha. Mesmo assim, nossa sensação era de vitória; antes do ato, estávamos sem esperança, dando o caso por perdido, quase conformados — agora, no mínimo, toda a escola saberia do golpe. Foi nesse clima que saímos do colégio, nos reunimos e tomamos algumas decisões: voltar para casa e contar tudo aos nossos pais, que, se recebessem algum comunicado, não se sentiriam traídos; buscar apoio de pais, alunos, professores e funcionários;

acionar nossas redes de informação; e, qualquer novidade, jogar no grupo. Em casa, não tive dificuldade. Por mensagem, expliquei a situação aos meus pais, que compreenderam e me apoiaram. Depois, liguei para agradecer ao João Gabriel. Eu disse que fizemos um ato memorável, que "me lembrou os velhos tempos", e perguntei se ele acreditava que a Cidinha poderia reconsiderar a decisão dela. Ele disse que não sabia, mas estava otimista e apresentou a sua estratégia: "Vamos ficar atentos à resposta da diretora, dependendo do movimento dela, planejaremos o nosso; neste momento, só nos resta aguardar".

No dia seguinte, duas coisas me preocupavam: o destino da nossa chapa e a excursão ao Rio de Janeiro. Quanto à primeira questão, tudo transcorreu normalmente. Não houve nenhum comunicado da direção e os professores se limitaram a dar suas matérias. Até arriscamos uma pergunta na aula de Geografia, mas a Magnólia nos enrolou e disse que a professora Maria Aparecida ia conversar com a gente.

Já em relação à excursão, tivemos alguns avanços. A Lia disse que a mãe dela topou ser o adulto responsável e viajar com a gente: "mas só tem um detalhe, ela vai dispensar a passagem de avião. Prefere ir de carro e quer que eu vá com ela". O Paulo, que estava ao lado e ouviu tudo, comentou, irônico: "não disse?!". A Lia ficou sem graça e eu comecei a pensar que o meu amigo poderia ter razão, mas logo me lembrei que ela disse que a gente daria um jeito e fiquei tranquilo de novo.

O Lipe trouxe uma boa notícia: disse que sua mãe estava "no papo", só queria conversar com a minha para saber direitinho como seria a viagem. A Kátia também tinha adiantado o assunto com a mãe, que foi simpática à ideia e convidou a gente para ir na casa dela conversar. Até o Pessoa, que costumava ser o mais atrapalhado, já estava negociando com os pais dele. Aos poucos, fomos descobrindo que todos mexiam os pauzinhos e, apesar da comissão de convencimento ainda não ter movido uma palha, parecia que a excursão ia rolar.

Naquela noite, meu pai disse que tinha falado com o seu Fernando, que propôs um calendário com o período conveniente para ele nos hospedar. Embarcaríamos no dia 24 e retornaríamos no dia 27 de agosto, perdendo dois dias de aula. Esse detalhe poderia atrapalhar as negociações, mas os meus pais não se importaram. "Essa sua viagem, meu filho, será outro aprendizado, aproveite!".

Na quarta, o silêncio continuava na escola. Suportamos até o recreio, quando decidimos ir à diretoria, em grupo, conversar com a Cidinha. Como a porta estava aberta, me antecipei, pedi licença e entrei; a turma ficou atrás de mim, acompanhando a conversa:

— Bom dia! — cumprimentei a diretora, tentando esboçar um sorriso.

— Bom dia. O que desejam? — ela perguntou, secamente.

— Queremos saber da eleição.

— O que vocês querem saber exatamente?

— Como vai ficar a situação da nossa chapa? — fui direto ao assunto.

Ela conferiu alguns papéis sobre a mesa e nos informou:

— Amanhã vou colocar um comunicado no quadro de avisos e vocês saberão.

— A senhora não pode adiantar essa informação pra gente? — insisti.

— Há outras chapas envolvidas; por que daria esse privilégio a vocês?

Não sabendo a resposta, deixamos a sala com as opiniões divididas: uma parte do grupo achava que a Cidinha colocaria de volta nossa chapa no pleito, a outra, pessimista, dizia que continuaríamos de fora. Eu estava com os pessimistas. Naquela tarde, liguei para o João Gabriel e, inseguro, contei sobre a nossa conversa com a Cidinha. Ele disse que fizemos bem em cobrar uma posição da diretora e me pediu que ligasse no dia seguinte, dando notícias do comunicado. Mais confiante, resolvi cuidar da excursão e convoquei a comissão de convencimento; chamei o Lipe, passamos na Kátia e fomos até a casa da Lia. Comissão completa, partimos para as visitas. Primeira parada, casa do Plínio. Segundo a Kátia, a mãe dele estava resistente. Mandei mensagem, avisei nosso amigo e, quando chegamos lá, sua mãe logo nos perguntou, desconfiada:

— A troco de que esse homem vai gastar uma fortuna com vocês?

Explicamos que era uma recompensa:

— Recuperamos o livro que ele havia perdido.

Não convencida, ela insistiu:

— E esse livro vale tanto assim?

— A dona do livro é o amor da vida dele — procuramos melhorar o argumento.

— E esse amor, por acaso, depende do livro?

Cheguei perto dela e cochichei no seu ouvido:

— Sim, o livro guarda o segredo dos dois.

— Essa história está muito estranha — ela disse sorrindo. Mas nos deu uma esperança: — Vou pensar.

E, antes de ir embora, o Plínio me chamou num canto e contou que estava escrevendo um poema.

— Outro poeta na turma, que maravilha! Quero ver! — reagi, curioso.

— Ainda não está pronto, é uma poesia diferente. Quando terminar eu mostro — me prometeu.

Depois, saímos de lá e fomos de casa em casa, até terminarmos o dia na Kátia. Não conseguimos a confirmação de todos, mas também não recebemos nenhum "não", e isso já era alguma coisa. À noite, conversei com meu pai e dei o relatório dos preparativos; ele disse que o seu Fernando ia fazer a reserva das passagens e precisava saber a quantidade e os nomes de todos que iriam viajar. Passei a lista para ele — éramos nove — e avisei que ainda faltava confirmar com alguns: "Pode deixar que explico pra ele".

Na quinta, quando cheguei na escola, fui direto ao quadro de avisos e nada do comunicado. Comentei no grupo e, na hora do recreio, voltamos ao mural.

> **"Comunicado 082/19 —**
> **Eleições para o Grêmio Estudantil**
>
> *Excepcionalmente, o mandato da próxima diretoria do Grêmio será de um ano e meio, da data da posse até o fim do próximo ano. Não será aceito nenhum pedido de recontagem de votos ou recurso de qualquer chapa após a divulgação do resultado, salvo nos casos em que se comprove inobservância do regulamento por parte da Comissão Eleitoral. A apuração dos votos e proclamação dos resultados pela Comissão Eleitoral será consignada na ata de eleição. Serão eleitos aqueles que obtiverem a maioria simples dos votos válidos."*

O comunicado seguia com a data da eleição, até chegar às chapas inscritas. A primeira, a do Beto, era a chapa da diretoria; a segunda, a do Chico, da situação; e a terceira era a do Ricardinho, que só pensava em festa. A nossa não estava na lista!

Já esperávamos, mas mesmo assim ficamos tristes. Nossa vontade era fazer outro protesto, mas não sei se teríamos força e condições de, novamente, mobilizar a escola, principalmente agora que a Cidinha já conhecia o nosso método e estava prevenida. Nessa hora, me lembrei do João Gabriel e avisei a turma que precisava ligar para ele; chamei o Plínio e fomos para a rua, onde teríamos mais privacidade. Quando o João atendeu, coloquei no viva-voz e demos a notícia: "Luta política é assim mesmo", ele comentou, pedindo que mantivéssemos a calma. Depois sugeriu um "recuo estratégico" e perguntou se havia alguma chapa que a gente pudesse apoiar. Falamos da chapa do Chico e o Plínio acrescentou: "Eles até que fazem um bom trabalho, mas não cobram maior participação dos alunos na gestão e nunca se abriram pros debates que acontecem fora da escola". "Ofereçam apoio e, em troca, peçam a inclusão desses temas no programa deles", disse o João. "E nós podemos fazer isso?", perguntei, surpreso. "Claro que podem, vocês têm cacife político!". Desliguei mais animado e, antes que terminasse o recreio, fizemos uma reunião rápida e aprovamos o apoio da Seremos Resistência à chapa do Chico.

Naquela tarde, conversamos com o Chico e expusemos a nossa situação. Ele foi solidário, demonstrou sua indignação e disse que faria firme oposição à direção da escola: "temos que barrar os desmandos da Cidinha!". Eu nunca tinha ouvido o Chico falar daquele jeito, fiquei surpreso e senti que era a deixa para a gente propor a coligação. Depois de elogiar sua gestão, pontuei as duas críticas e perguntei se ele topava colocar esses itens em seu programa, em troca do nosso apoio. Ele topou e nós selamos o acordo! A Kátia, nossa tesoureira, disse que ainda havia uma sobra de campanha e que poderíamos dar uma ajuda financeira. Propusemos imprimir filipetas para divulgar o nosso apoio e ele gostou da ideia. O Plínio, diretor de imprensa, e o Paulo, diretor cultural, conversaram e fecharam o texto da peça, que ficou assim, curto e grosso: "AGORA É CHICO!".

Enquanto isso, os preparativos da excursão ao Rio iam de vento em popa; aproveitamos o fim de semana para intensificar a campanha de convencimento e conseguimos mais autorizações. Além de mim, já estavam confirmados: Lia, que ia com a mãe, Lipe, Kátia, Marcos, Touchê, Pessoa e Paulo. O Plínio e a Lilian ficaram de dar a resposta na quarta. Também liguei para a Lívia, que disse que participaria da entrega do livro e dos passeios.

Na terça, seguimos com a campanha pela chapa do Chico. A Cidinha ficou sabendo e tentou suspender a panfletagem, mas não conseguiu, pois não havia nada no regulamento que impedisse o nosso apoio — distribuir filipetas era prática permitida de propaganda e, dessa forma, continuamos na eleição.

Na quarta, a campanha continuou animada: panfletamos no nosso turno e à tarde também. Já as aulas seguiram normalmente, e os professores nem comentaram a injustiça que sofremos. À noite, recebi as passagens e todos confirmaram a viagem. Na quinta, continuamos em campanha, até chegar sexta, o dia da eleição, quando a propaganda foi suspensa e a boca de urna, proibida. Não fosse a movimentação dos alunos para votar, ia parecer um dia normal. A diretora conseguiu acabar com a tradicional festa da eleição.

Na segunda, saiu o resultado e a chapa da Cidinha venceu; a posse seria na sexta e teríamos tempos difíceis na escola! Em compensação, estava tudo certo com a viagem: embarcaríamos no sábado de manhã, e o seu Fernando já tinha contratado uma van para pegar a gente no aeroporto e para os passeios pelo Rio de Janeiro; a Lia ia na sexta, com a mãe dela.

Capítulo 28

O LIVRO

Finalmente chegou sábado, o dia da viagem. Já de mala pronta e o livro encantado na mochila, acordei cedo e fui tomar café da manhã. Meu pai estava lendo jornal; ele agora diversificou, além do impresso, que chegava em casa todos os dias, nos finais de semana ele também lia outros, em versão digital.

— Filho, acabei de ver uma notícia muito triste, deu no obituário do *The Guardian*.

— Quem morreu?!

— Richard Booth!

— Poxa, pai, é verdade?! Não acredito!

— O que aconteceu? — perguntou minha mãe ao entrar na cozinha e perceber, pela nossa cara, que não era boa coisa.

— O Richard Booth morreu, mãe!

— Não pode ser, você esteve com ele outro dia! — Minha mãe também não queria acreditar.

— Infelizmente é verdade. Fico triste pela morte de uma pessoa tão importante para o livro e por você, meu filho, que falou dele com tanto carinho.

— Poxa, pai, você também, até queria fazer uma entrevista com ele.

— A entrevista é o de menos.

— Nem deu tempo de escrever a história que prometi pra ele. Estou arrasado!

— Compreendo sua dor, mas você não pode se deixar abater. Não esqueça que você tem um livro pra escrever, não pode desanimar.

— Não vou desanimar!

— E que tal fazer do livro uma forma de homenagem ao Richard Booth?

— Boa ideia!

— Então, viva o livro! — Meu pai exclamou e levantou o braço com o punho fechado, como numa palavra de ordem, e eu o acompanhei, levantando o meu braço e gritando, também:

— Viva o livro! Viva Richard Booth!

— VIVA!

— Agora, termine o seu café — minha mãe me apressou. — Ainda temos que passar no Felipe e você tem um dia longo pela frente — ela completou, tentando me animar.

Saímos, pegamos o Lipe e seguimos para Congonhas. No caminho, contei a ele da morte do Richard Booth; meu amigo também ficou muito triste, e lembramos da nossa conversa com o rei de Hay e do seu jeito de contar histórias. Fomos os primeiros a chegar ao aeroporto, fizemos os *check-ins* e ficamos esperando o resto da turma. Cerca de uma hora e meia depois, com a turma completa e todos os *check-ins* feitos, nos despedimos dos nossos familiares, ouvimos algumas recomendações e embarcamos. Em mais uma hora, pousamos no Santos Dumont. No desembarque, não foi difícil encontrar o motorista de van que tinha vindo para nos pegar e nos levar até a casa do seu Fernando. No caminho, liguei o celular e vi mensagem da Lia: "Já estou aqui com a minha mãe e a Lívia". Chegamos na Vieira Souto, nos apresentamos na portaria do prédio e subimos ao oitavo andar. A porta do apartamento estava entreaberta.

— Com licença, seu Fernando — me antecipei.

— Olá! Podem entrar! — ele respondeu lá de dentro.

A Lia, a mãe dela e a Lívia estavam sentadas num canto da sala; do outro lado, o seu Fernando caminhava em nossa direção.

— Vieram todos?

— Deu um pouco de trabalho, mas conseguimos — brinquei.

— Fiz questão que viessem, pois queria agradecer pessoalmente a cada um de vocês — ele disse, se dirigindo à turma que ainda estava na porta de entrada, meio desajeitada. — Por favor, entrem, se acomodem.

Deixamos as nossas bagagens num canto, cumprimentamos a Lia, a mãe dela e a Lívia e nos sentamos; alguns nos sofás, outros no chão, mas todos bem próximos; eu rapidamente encontrei um lugar ao lado da Lia. Já o seu Fernando se sentou do lado oposto, numa poltrona que parecia estar reservada para ele.

— Essa é a minha turma — e logo comecei a apresentar os meus amigos pelos nomes, mas o seu Fernando nem prestou atenção e logo me interrompeu.

— Sei que serei indelicado... Faço questão de conhecer todos vocês, um por um, mas vamos deixar as apresentações para depois. Primeiro, quero ver o livro. Cadê o livro, Heitor?!

— Tá na mochila, espera, vou buscar! — Pensei em fazer um discurso de improviso — a ocasião merecia —, mas achei que não seria oportuno e só disse: — Tá aqui! — e passei o envelope para ele.

— Que bom! Nem sei como agradecer.

— O senhor já agradeceu, olha a gente aqui na sua casa, no Rio de Janeiro — apontei para os meus amigos, todos felizes.

— Isso não é agradecimento, é recompensa.

— É a mesma coisa!

— Não é a mesma coisa, não! — ele respondeu, tirando o livro do envelope e olhando a capa. — Agora posso pronunciar o nome: *Os caçadores do livro encantado*, de João Luiz Marques. — ele abriu, releu a dedicatória em silêncio e, se voltando para a gente, emocionado, agradeceu: — Obrigado!

— De nada. Mas não podemos nos esquecer do Richard Booth; sem ele, não teríamos recuperado o livro — lembrei, me preparando para anunciar a morte do rei de Hay.

— Sobre isso, tenho uma notícia muito triste... — disse ele, que parecia já saber.

— Acho que sei qual é a notícia — me antecipei. — Meu pai me contou que o Richard Booth morreu. Fiquei arrasado....

Com exceção do Lipe, que também já sabia, todos reagiram com muito espanto e tristeza, pois, mesmo não conhecendo o rei de Hay, já gostavam dele.

— Fiquei muito chocado com essa morte, Heitor. Prometi a você que contaria minha história com ele, mas não pensei que fosse nessas circunstâncias. Conheci Richard Booth quando fui estudar em Oxford e, durante o curso, sempre que havia oportunidade, ia a Hay-on-Wye visitá-lo. Gostava muito de conversar com ele. Nessa época, o Richard iniciava seu projeto da Cidade do Livro, abria livrarias e expandia sua rede; me admirava a sua ousadia, estava sempre disposto e animado. O que mais me chamava a atenção era a forma de recuperar uma cidade rural decadente sem deturpar sua função social e preservando a memória do lugar. Eu estava lá no dia 1º de abril de 1977, data da sua coroação. Foi uma grande festa! — e contou a sua versão do dia em que Richard Booth virou o rei de Hay.

Depois de fazer uma pausa, o seu Fernando folheou o livro que continuava segurando e acrescentou:

— Richard Booth prestou um papel muito importante à cultura do Reino Unido e é um exemplo para o mundo, mas nunca imaginei que, hoje, fosse me devolver a vida. Quero dizer, ele e todos vocês. — Nessa hora, o seu Fernando se virou para nós e, com o olhar saudoso, mais uma vez agradeceu:

— Muito obrigado!

TERMINANDO COM POESIA

— Missão cumprida! Agora peço que se apresentem, quero conhecê-los. E, como sei que gostam de reuniões — disse, conferindo seu relógio de pulso —, vou dar dois minutos para cada um. Dois é bom?

— Sim, três é demais — brinquei, tentando melhorar o clima e dar um final feliz para nossa história. Ele sorriu e continuou.

— Também quero que me contem como contribuíram com a nossa aventura. O Heitor e a Lia, já conheço; faltam os outros. Quem começa? — Como ninguém respondeu, ele escolheu o primeiro. — Fala você — e apontou para o Pessoa, que fez cara de assustado; nós rimos.

— Justo ele, seu Fernando, o mais perdido da turma? Às vezes até esquece o caminho de casa — tentei explicar o motivo da nossa risada.

— É verdade?! Qual é o seu nome?

— Intriga deles! Meu nome é Pessoa.

— Nome de poeta!

— Só o nome, o poeta da turma é ele — e passou a bola para o Touchê.

— Sério, você é poeta?!

— Dizem que sou...

— Que ótimo! Quero ouvir sua poesia quando chegar a sua vez. — E nosso amigo sorriu e fez sinal de positivo. — Mas agora é com você — disse, voltando a apontar para o Pessoa. — Se não és poeta, o que és, então?

— Ainda não sei, mas vou descobrir — fez cara de desentendido e nós rimos novamente; o seu Fernando também riu e prosseguiu.

— Pensando bem, você tem razão. "O que somos" é quase uma questão filosófica. Vou arriscar outra pergunta: qual foi a sua contribuição para nossa aventura?

— Acho que não fiz grande coisa...

— Fez sim, seu Fernando — me intrometi. — Além de distraído, ele é modesto. O Pessoa, com suas teorias, ajudou a organizar a história, além de estar sempre presente nas reuniões, dando suas contribuições.

— Muito bem, Pessoa! E o que você pretende ser quando crescer? Apesar de já estar bem grandinho...

— Quero ser locutor de rádio! — e então empostou sua voz como um locutor de antigamente e deu a previsão do tempo para o Rio de Janeiro.

— Tens boa dicção e leva jeito! Parabéns, Pessoa! — E o seu Fernando seguiu chamando um de cada vez.

A Lilian disse que ia estudar Administração de Empresas, que esteve presente em todas as reuniões da turma e que foi a primeira a acreditar que nossa história pudesse ir parar em outro país; o Marcos contou que pretendia estudar Arquitetura e que, por gostar de desenhar, tinha feito as ilustrações do livro; o Paulo disse que gostava de ler, queria estudar Letras, se intrometeu em todas as decisões da turma, admitindo ter fama de encrenqueiro (mas que sempre zelou pela qualidade da história!); a Lívia falou que queria fazer faculdade de Serviço Social, que morava no Rio de Janeiro e, por isso, não participou das reuniões — mas lembrou que foi ela quem indicou o sebo onde encontramos a primeira pista; o Plínio disse que queria estudar Ciências Sociais e que contribuiu, principalmente, com a parte política da história, dando ideias e articulando apoios; a Kátia contou que pretendia estudar Geografia para ser professora, que contribuiu com a aventura cedendo sua casa para as reuniões e que, como o Paulo, também participou de todas as decisões do grupo; o Lipe não sabia direito o que ia estudar, pensava em aproveitar sua facilidade com idiomas e virar tradutor e, em relação à aventura, disse que fez pouca coisa: "Só fui ao Reino Unido e ajudei a resgatar o livro encantado". Exibido, de peito estufado, saiu caminhando pelo meio da sala e recebeu uma sonora vaia da turma, coro ao qual até o seu Fernando se juntou. Então chegou a vez do Touchê.

— Deixei você para o final porque achei que ficaria mais bonito encerrar com uma poesia. Qual é o seu nome, poeta?

— Meu nome é Antonio Carlos, mas todo mundo me conhece por Touchê.

— A tartaruga do desenho?

— Essa mesma!

— Mas você não é desse tempo...

— Eu não, mas quem me deu o apelido vive nesse tempo.

— Você é muito novo! Desde quando escreve poesia?

— Desde o dia que comecei a sentir uma coceira terrível no polegar e no indicador da mão direita e, pra aliviar, passei a escrever sem parar. Resultado: a sarna se espalhou pelo corpo todo!

— Muito bom! Alguns arrumam sarna para se coçar, você fez poesia das suas — o seu Fernando sorriu e continuou. — E quais são seus poetas prediletos?

— São muitos; agora, por exemplo, estou lendo a poesia brasileira dos anos 1970 e 1980.

— E quem você já leu desse período?

— Ana Cristina Cesar, Paulo Leminski, Torquato Neto, Waly Salomão, Vera Pedrosa, Ulisses Tavares, Chacal... Ah, e o meu xará Antônio Carlos de Brito, o Cacaso.

— Grandes poetas! São da geração mimeógrafo, você sabia?

— Sabia… Também descobri um grupo maneiro, que apareceu em 1979 e agitou a cidade de São Paulo.

— E como se chamava esse grupo?

— Sanguinovo. Eles faziam passeatas poéticas, imprimiam poemas em folhas de papel e colavam nos postes da cidade. Eram chamados de "os poemas do poste". Eu gostaria de montar um grupo de poesia, assim como o deles.

— Hoje, na era digital?! Você acha que daria certo?

— Não sei, falei com o Plínio — e apontou para o nosso amigo. — Ele fez uns poemas gráficos e acho que dá pra adaptar. O Marcos vai ajudar no design; estamos só conversando, por enquanto, ainda nem contamos pro resto da turma. — De fato, fiquei surpreso com o segredo dos três.

— Você também escreve poesia, Plínio?

— Estou começando.

— Quer ler uma pra gente?

— Não vim preparado, deixa pra depois — tímido, não quis mostrar; nem pra mim ele mostrou ainda!

— Tudo bem, não vou insistir, mas, se mudar de ideia, será um prazer ouvi-lo. Agora é com você, Touchê!

Mais desinibido, o nosso amigo se levantou e começou a declamar um poema que eu já conhecia e gostava muito:

MINIMANDRAQUE nº 2

desde pequeno lhe diziam:
- Homem não voa, menino!

mas quando ficava à toa
olhando os pardais nos fios

voando entre as casas do Bexiga
ele queria se juntar ao bando

de vez em quando
pulava de alguma janela
mas só conseguia contusões
e a gozação da molecada
(sem falar na sova que
de sobra levava da mãe)

um dia
saiu correndo de casa
com uma pipa de seda
e voou com ela
até se confundir no azul
as nuvens o saudaram
como um companheiro de viagem
ninguém mais o viu
dizem que virou um cometa
e que vive brincando
       de esconde-esconde
entre estrelas e meteoros "

— Muito bom, parabéns! — assim como o professor Athos, o seu Fernando também virou um admirador da poesia do Touchê.

Depois das apresentações, o nosso anfitrião nos serviu um delicioso almoço. À tarde, o seu Fernando foi para Humaitá devolver o livro à dona Maria Alice — e, naquela noite, não dormiu em casa —, a mãe da Lia foi encontrar a amiga e nós fomos visitar a biblioteca Real Gabinete Português de Leitura, o primeiro dos nossos muitos passeios. Nos intervalos, a Lia e eu demos um jeito de sair sozinhos; descemos até a praia, caminhamos no calçadão de Ipanema, fomos até o Arpoador e ainda voltamos ao quiosque onde começamos a namorar. Mas, na maior parte do tempo, ficamos com a turma, descobrindo o Rio de Janeiro.

Naqueles dias, visitamos o Museu da República, o Palácio do Catete, o Jardim Botânico, o Estádio do Maracanã, o Museu do Amanhã, o Cais do Valongo, o Museu Histórico Nacional, o Museu Imperial e o Teatro Municipal. Também passeamos pelo centro histórico e pela Cinelândia, passamos no sebo do amigo da Lívia para agradecer pelas dicas e ainda visitamos a Biblioteca Nacional, onde aproveitei para agradecer e contar o desfecho da história ao Rutonio, com quem aprendi tudo sobre livros perdidos.

No último dia, fomos ao Pão de Açúcar e andamos de bondinho; subimos o Corcovado e conhecemos o Cristo Redentor; lá de cima, nos despedimos da Cidade Maravilhosa e da baía de Guanabara, antes de retornarmos a São Paulo. Já o seu Fernando foi para o Japão e disse que só voltaria de lá com o autógrafo do Murakami. A dona Maria Alice foi junto com ele.

João Luiz Marques

Nasceu e mora em São Paulo, jornalista formado pela Faculdade Cásper Líbero, cursou Filosofia na Faculdade de Filosofia, Letras e Ciências Humanas da USP. Foi assessor de imprensa da Secretaria Municipal de Educação de São Paulo (gestões Paulo Freire e Mario Sergio Cortella) e assessor de comunicação do Departamento de Cultura da Prefeitura de Diadema. Trabalhou como assessor de imprensa para diversas editoras de livros, inclusive as que publicam infantojuvenis e, atualmente, escreve resenhas de livros para algumas publicações. Participou do Grupo de Trabalho (GT) que ajudou a elaborar o Plano Municipal do Livro, Leitura, Literatura e Biblioteca (PMLLLB) de São Paulo e fez parte do seu Conselho por duas gestões. *Os caçadores do livro encantado* é seu segundo livro, e continuação de *Os meninos da biblioteca*, publicado em 2015.

Este livro foi composto com as tipografias Formata e
Always In My Heart, e impresso pela Patras Indústria Gráfica,
em papel offset 90g/m², em outubro de 2024.